ニンギョウがニンギョウ

西尾維新

講談社ノベルス

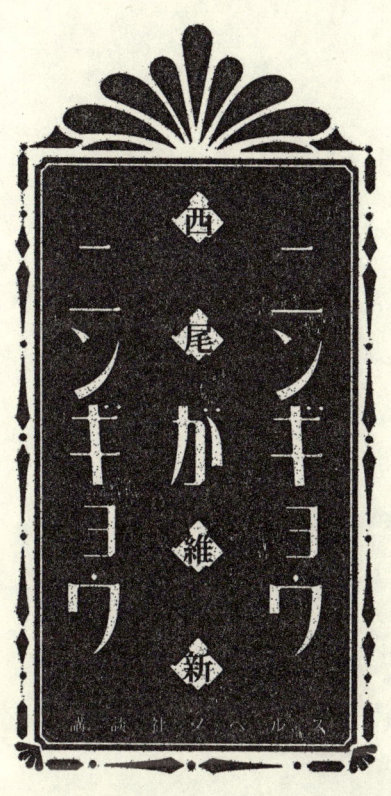

Book Design Veia(Akira Saito + Miyuki Yamaguchi)
Font Direction Shinichi Konno(Toppan Printing CO.,LTD.)

ニンギョウのタマシイ

映画を見に行くことになったのは妹が死んでしまったからだ。私は平素より視覚情報に関しては淡白を貫く主義なので、映画を見るのは実に五年振りのこととなり、妹が死んだのも、矢《や》張《は》り五年振りだった。回数を勘定すれば、共にこれが四回目である。映画を見るのは妹が死んだときだけと決めているのではなく、逆であり、妹が死んだからこそ、映画を見るのだ。そうはいってもしかしこうしょっちゅう死なれては私としても敵《かな》わない。日頃大きな口を叩いている友人達に合わせる顔がないというものだ。私には合計で二十三人の妹があるけれど、死ぬのはいつも、十七番目の妹だった。利発そうな外見の割に少少ばかり頭に具合の悪いところのある娘で、殆《ほとん》ど口を利いたこともないのだが、それでも兄妹である以上は筋を通さねばならぬ。燕雀《えんじゃく》の夜郎自大と言われようとも、しかし止むを得ないというモノはある。十七番目の妹の、一回目の死は自殺、二回目の死は事故死、三回目の死は続けて事故死、そして今回の死は、また自殺だった。これで次回、自殺か事故によって、十七番目の妹が命を落とすようなことになれば、見事にフルハウスが完成するわけだ。しかし恐らくそれはないだろうというのが、私の冷静な予想である。自殺か事故死かの二者択一を迫られればいともあっさり病死してしまう、十七番目の妹は、そういう類《たぐい》の娘なのだ。ツーペアには及んでも決してスリーカードには届か一枚足りない娘と彼女が称された、それが所以《ゆえん》だ。一言で言えば、要するに世を拗《す》ねた捻《ひね》くれモノなのである。

映画を見なければならぬ。

まずは何処《どこ》でどの様な映画を上映しているのかを、調査する必要があるだろう。視覚情報に興味のない私はその手の情報に全く暗い。欲を言うならば、あまり不要な情報を頭の中に入れたくはないので、出来れば五年前見た映画と同じフィルムが望ましいのだが、しかしそれは聊《いささ》か無謀というものか。五年前のフィルムというのは七年前のフィルムよりも尚、鑑賞することが難しいと聞く。サテ、ああいった情報は確か新聞に掲載されているのだったと憶えている。そう思い、私は、今朝、郵便受けに配達されていた朝刊を開いて、他のあらゆる記事を飛ばし、只只管《ただひたすら》、求めている情報だけを探す。今の私は映画を見ること以外に何もない。三面下段の広告スペースに大きく、本日より上映と銘打たれた海外映画の宣伝が掲載されていたが、残念ながらその朝刊は明後日《あさって》のモノだったので、これは情報としての意味がない。明後日迄《まで》も暢気《のんき》かまして待っていたなら白鯨の舌が流れ着く。そんなことになっては大事《おおごと》だ、犬を飼っている意味もない。根こそぎ敷居が日照ることになるだろう。故に探すべきは現在公開中のフィルムだった。何せ十七番目の妹が死ぬのも四度目だ、私の希望を一切排し、あくまでクレバーに考えるならば、館紐が解け、シャツの襟《えり》を正すかのような、そんなフィルムこそが相応《ふさわ》しいだろう。

十五分後、三足の靴を履いて、私は家から外に出た。見るべき映画も、それを上映している映画館も、どうにかアタリをつけることができた。思いの外時間を食ってしまった、矢張り視覚情報というモノは私にとって不得手だ。まだ若干《じゃっかん》の不安があるので、道中での計画変更も有り得るが、しかしたとえ取り敢えずであったとしても、目的を確固として定めておくのは良いことだ。世の中には目的を明瞭に定めもしない癖《くせ》に天空から塵箱《ちりばこ》を引っ繰り返したが如く無様な生き方をするモノが多過ぎる、少なくとも己《おのれ》だけはそうならぬようにと、私は常常心掛けている。

　それにしてもどうしてこうも、十七番目の妹は頻繁《ひんぱん》に死んでしまうのだろう。私はたまに疑問に思う。そう足繁く通ってこられては閻魔《えんま》大王もさぞかし困惑しよう。幼い頃から察しの悪い、場の空気が読めないところのある娘ではあったが、僅《わず》か四十年の間に四回とは酷《ひど》い。それでは二十年につき二回ずつ死んでいる計算になるではないか。私のように二十二年の間に一度も死んだことが無いというのも、かの先人の言葉に従うのならば、それなりに不敬ではあるのだろうが、しかし二十年に二回はあまりに度を越えている。血を同じくする家族として私は恥じ入るばかりである。生きようとする力、所謂《いわゆる》生命力のようなモノが、十七番目の妹には希薄なのかも知れぬ。そういった儚《はかな》げなところは確かにないでもないと思うが、しかし矢張りそういう儚さこそが、粗忽《そこつ》の一言で済まされるべきなのだろう。生命力の不足は、即ち粗忽ということなのかもしれぬ。

　生憎《あいにく》の曇り空、暗雲立ち込め風も強く、時には雷鳴も鳴り響く悪天候ではあったものの、幸いなことに未だ雨粒は落ちてきておらず、街中は普段通りの喧騒に満ちていた。それは十七番目の妹とは違い、老若男女問わず活き活きと生命力に満ちていて、如何《いか》にも死にそうに無い人人の群れだった。あちこちで殴り合い小競り合い言い合い罵《ののし》り合いが繰り広げられていて、活気のあることこの上ない。そんな人人の群れに混じっていると知らず気分が高揚《こうよう》し、ともすれば私は目的を見失いそうになったけれど、しかしそこは何とか、強い意志で撥《は》ね除けた。喧騒の中から幾本も幾本も、私の袖《そで》を引っ張るモノの手があったが、その全てを、私は吹っ切る。シガラミを持って映画館に行くわけには行かぬのである。誰かを伴《ともな》って映画など見るわけには行かぬのだ。そんな軽率な真似《まね》は出来ない。シガラミなどどのような意味でも一切不要だ、むしろ邪魔になる。それは私にとっては分かりきっていることだった。連れを伴って映画館に向かうなどというのは軟式テニスのコートに張られたネットを身体に巻きつけるようなモノなので、そんなことをしても何の実にもならないのだ。

尤《もっと》も、私は為《ため》にするつもりで映画を見ようというわけではない。あくまで妹が死んだから、映画を見ようというだけだ、そこに他の意味を付随させるつもりはない。十七番目の妹の弔いについては全て他の家族に任せて出てきたので、恐らく家に戻れば怠けモノ薄情モノの謗《そし》りを受けることになるのだろうが、比較的縁が薄かったとは言え、十七番目の妹のその死を悼《いた》む気持ちが私にないわけがないのだから、そんな批難を受ける謂《いわ》れはないと私は思う。私は二十三人の妹を分け隔てなく愛しているのだ。しかし、それでも、私が十七番目の妹の死を受けて喪に服すのは、明日からである。明日からならば、他の家族がもう飽きてしまっていたとしても、十七番目の妹が帰ってくるまで、私は赤色以外の服を着ないだろう。今着用しているグレーの服など、明日の零時をもって暖炉にくべても構わない。しかし、矢張り、全ては明日からなのだ。今日はまず、何よりも映画を見なくてはならない。

たとえば一の位に同じ数字を含む十番違い、七番目の妹などを見てみれば、気配り上手の愛想良し、実に要領のよい生き方をしているように思われる。私などあの娘の前では完全に、犬のようにあしらわれっぱなしであるし、その生き方には一種の敬意すら覚えている。そして彼女に限った話でなく、少なくとも四番目から八番目までの妹に関しては、今のところ私は何の心配もしていないし、それ以外の妹達にしたって、真逆《まさか》死ぬことはないだろうと思っている。しかし、どうしてだか、二十三人の妹の中で、十七番目の妹だけが、常に死ぬ。彼女自身も辛いであろうが、見たくもない視覚情報を見るために、これで都合四度も映画館に向かわなければならぬ羽目に陥《おちい》った、この私もかなり辛い。仏の顔の比喩《ひゆ》ではないが、三度目までは大目に見て、私は敢えて、そんな胸の内を誰にも語らずに来たが、しかし四度目となるともういい加減限界も近い。一度きちんと話し合っておかないと、いずれ肘《ひじ》関節が破綻《はたん》するだろう。そうなったらそうなったで或いは構わないのかもしれないが、しかし対策は打っておかねばならぬだろう。誰の爪も二十枚とは限らないし、また二十七枚であるとも限らない。

迷った末に私が選んだフィルムは、ドイツ製の、名も知らぬ監督の手によるモノだった。名も知らぬとはいっても、私は映画監督については然程《さほど》明るくない。私が知らぬというだけで、存外、有名な監督なのかもしれぬ。誰かに確認をとってみれば分かるのだろうが、しかしそのような迂闊《うかつ》な行為に及べば、恐らく訊かれたモノは不審に思うだろう。ひょっとすると私が映画を見た、そうでなくとも見ようとしたという事実を気取られてしまうかもしれぬ。それはいかにもまずい。私はあくまで隠密裏に行動せねばならぬのだ。余計な心配をかけたくはなかったし、それよりも強く、私には恥じる気持ちがあった。

何にしろ、そのフィルムは、どうやらあまりメジャーなモノではないらしく、上映しているのは街外れの小さな、個人経営の映画館であるとのことだった。その映画館では件《くだん》のフィルムを去年の暮れから上映していて、来週の水曜日までの公開だという。来週の水曜日までというのが私の心を打ち、まずはそこに惹《ひ》きつけられたのだが、しかしそれ以上に私にとって決定打だったのは、その個人経営の映画館における、不可思議な上映システムであった。驚いたことに、経営者の方針で、その映画館ではフィルムを上下逆様に映し出すのだという。どんなフィルムであれその逆向きにこそ見せるべき真実が含まれているという経営者の主張には大いに共感するところがあり、その言や良しと私はらしくもなく運命のようなモノを感じ、妹の死のために見ようという映画に、ソレを選んだのだった。つまり、最終的にはフィルムの内容よりも映画館ソノモノで選択を決定したと言っていい。

内容についてもそれなりに検討したつもりではあるのだが、しかしそれでも、あまり期待はしていない。多くを望まないことこそが、落胆しないコツである。十七番目の妹にしたって、最初からこの娘は時期をおかずに死ぬモノなのだと決めてかかれば、いざこういう事態に陥ったとき、慌《あわ》てて新聞を開いたりせずに済むのだ。全く、己のことながら忍びない。尤も、そうは言っても一回目、十七番目の妹が初めて死んだときの、己の取り乱しようを思い出してみれば、私もそれなりに経験を積んだと言えるのかもしれない。言えたところで、それはキシリトールの配合された都市ガスみたいなモノで、それで満足するというわけにはいかないのだが。満足しようと思うならば、経験を時間に生かさねばならぬ。果たして私にそれが為せているだろうか？

映画館までの道程を、半ばほどまで来たところで、私は財布《さいふ》を家に忘れてきたことに気付いた。なんという失敗だろう、と、瞬間、私は己の愚鈍に驚愕した。財布がなければ映画を見ることなど出来ない。映画館には行くだけ無意味である。映画を見ることが出来なければ、十七番目の妹の死に対し、私は何も為せなかったことになってしまう。それでは十七番目の妹にも、他の妹達にも、顔向け出来ぬ。今更のこのこと家に戻るわけにも行かないし、かといって財布の代わりなどそうそうあるわけがない。困った、何か妙案はないものか。脚を止め、腕を組み、曇天を仰いで、私は一人静かに懊悩《おうのう》する。目を閉じて視界と思考を暗闇に落とし、汽車が穴倉から昇って来る様子を脳裏に浮かべながら、これでは十七番目の妹の粗忽を哂《わら》えないな、とそんな自虐的なことを考えた。これでは私も近い内に、閻魔大王に御目文字《おめもじ》することになるのかもしれぬ。口上を今から考えておいた方がよいのかもわからなかった。

汽車が天に昇りついたのを確認してから、私が目を開くと、街の風景は全く様変わりしてしまっていた。最早《もはや》それは街というより町に近い。なんということだろう。早くしないと状況は悪化する一方ではないか。私は泣きたいような気分になってきた。ドロドロと、地面のアスファルトがぬかるんできた。繋《つな》ぎが弱くなって、下層の方から溶けているのだ。まずい、このままではこの身が、深く深く、底なしの底まで沈んでしまう。灼熱のアスファルトに身を埋めるだなんて、そんなのはたとえ三番目の妹の頼みであっても御免だった。迅速に行動を起こさねばならない。

とにかく、と私は意を決する。財布のことはもうどうにもならないが、しかし現金さえあれば、この場は何とか凌《しの》げるかもしれない。後後に禍根を残すことにはなろうが、それはもう止むを得ないだろう。己の失態は己でケジメをつける以外にないのだ。なまじ悔いている間に隘路《あいろ》に嵌《はま》るのは、悲しきハムスターの習性であると言ってよい。私は清流を二つに分ける巨大な岩石とは違う、このような絶望的な状況であっても絶対に諦《あきら》めたりはしない。

私は溺《おぼ》れるようにアスファルトの泥濘《ぬかるみ》を脱し、近場の地方銀行へと飛び込んだ。回転ドアだったので助かった、これが横開きのタイプのドアだったなら、私は誇張なく、死神に足首を摑《つか》まれていただろう。映画館に辿《たど》り着《つ》いてすらいない今の私なら、等活地獄《とうかつじごく》行きは確実だった。距離は大したことがなかったが、しかしかなりの運動量ではあったので、私の呼吸はかなり乱れていた。もしも銀行員のお姉さんが心配してドリンクを持ってきてくれなかったら、そのままふわりと意識を失っていたかもしれない。ドリンクの味はガソリンのように酷かったが、それでもガソリンを飲むことに比べれば幾らかマシだ。ガソリンは飲むモノではなく愛でるモノである。有難う御座いますと銀行員のお姉さんに礼を言い、次いでキャッシュディスペンサーの場所を尋ねた。キャッシュディスペンサーはあちらに御座いますと銀行員のお姉さんは戌午座の方向を指し示した。助かった。これでひとまず安心していい。銀行員のお姉さんの肩を借りて、私はその地点まで辿り着き、まずは椅子《いす》に腰掛けた。木材と動物の骨とで作られた、奇妙な造形の椅子だった。

ふと見れば隣の椅子には上品そうな紳士が座っていて、優雅な仕草で読書に耽《ふけ》っている。上品そうな紳士は実に幸せそうな表情で文字に目を走らせていた。一文字一文字、そこに文字が記されていることが幸福で仕方がないといったような雰囲気だ。羨《うらや》ましい、と素直に思った。こっちは行きたくもない映画館に行って見たくもない映画を見るために四苦八苦しているというのに、この上品そうな紳士の佇《たたず》まいときたらどうだ。己の小人ぶりを思い知らされたようで、私は深く反省した。

そしてこれも何かの縁であろうと捉え、私は上品そうな紳士に声をかけた。すみません、わたくしは名も無き旅のモノで御座いますが、貴方《あなた》様は名のある方だとお見受けします。どうかこのわたくしに、カードを貸しては戴けませんでしょうか。上品そうな紳士は実に鷹揚に微笑《ほほえ》んで、どうぞどうぞと、懐《ふところ》から取り出したカードを私に差し出して、被っていた帽子の鍔《つば》を摘《つま》んだ。どうですかついでに一服、落ち着きますよ、と、続けて、如何にも高級そうな葉巻を差し出されたが、しかし私は煙に燻《いぶ》られるのが好みとするところではなかったので、お心遣いは嬉しいのですが、と、上品そうな紳士のその誘いを、なるだけ丁寧に辞退した。

カードはハートのエイトだった。

キャッシュディスペンサーのすぐ隣には、お約束通りと言うべきなのだろう、不気味な音をうぉんうぉんと立てているシュレッダーが存在していたので、万一にも間違わないように気をつけながら、私は十六桁の暗証番号を打ち込んで、取り敢えず五千円ほど、口座から引き出す。映画の通常料金は千五百円とのことだったが、財布を忘れたこの身である以上、幾らかの余裕は必要だった。経済的な余裕もさることながら、精神的な余裕の方が、この場合は重要である。下ろしたお金をズボンのポケットに突っ込んで、隣の上品そうな紳士にカードを返す。どうも有難う御座いました、とても助かりました。いえいえ、どうかお気になさらず。そうだ、これからお茶でも如何ですか。心惹かれる提案ではあったが、私はこれも、遠慮することにした。お茶を飲んでいる間に映画の上映が終わってしまったとなれば、それは笑い話にもならない。

キャッシュディスペンサーから離れようとしたところで、銀行内に大きな銃声が響いた。見れば、覆面の男が一人、銀行の待合席の上に立って、昔の漫画に出てくる間抜けな警官よろしく、拳銃を振り回していた。わけの分からない言葉を叫んでいるが、どうやら金を出せ、と言いたいようであった。それから判ずれば、時代遅れの銀行強盗ということらしい。今時随分な職業の選択もあったモノだ。職業選択の自由は国民に与えられた権利ではあるから文句をつけるつもりはないが、しかしそれにしたって他にもっといいモノがあっただろうに。人間のセンス、突き詰めていうところの個個人の感覚というのも、なかなかどうして理解しえないモノである。

拳銃は大口径のコルトだった。

悪いことに、覆面の男はそれを左手で扱っていた。左利きなのか、それとも何か特別な事情があるのかもしれないが、しかし幾らなんでも左手はないだろう。ひょっとすると本人は気付いていないのかもしれない。だとすれば善良な一般市民の義務として、私は彼に忠告を齎《もたら》さなくてはならぬ。だが覆面の男はえらく興奮しているようだし、果たして見ず知らずの私の忠告などに耳を貸すだろうか。銀行の中には私の他にも結構な人数がいるから、誰か彼の友人が、そうでなくとも知人くらいはいるかもしれない。だとすれば早く教えてあげて欲しい。

その拳銃を持っているのは左手だと。

左手はよくない。

聞いている内に、覆面の男の言葉が、徐徐にではあるが、理解出来るようになってきた。わけが分からないと思ったのは、言語ではなく単純に発音の問題であったようで、覆面の男が喋っているのは私が普段から使用している言葉と何ら変わりのないモノであった。ただし、矢張り発音、所謂イントネーションがまるで滅茶苦茶《めちゃくちゃ》なので、唸《うな》っているだけのようにも思えるし、そもそも意味などないというような気もするが、しかしそれでも我慢してよく聞けば、というより、慣れてしまえば、何となく、その言わんとしていることが分かる。

覆面の男は、このままでは近い内に首を吊らなくてはならないそうだった。働いていた会社が抜き差しならぬくらいにまで傾いて、結果首を切られ、社員時代に拵《こしら》えた借金で首が回らなくなっているらしい。切られた上に回らなくなり、挙句吊られてしまうというのは首にしてみれば迷惑この上ない話であって、故に首からの直訴を受け、男はこのような愚かな行為に及んだ、ということらしい。成程、銀行強盗以前には、それなりに真っ当な職についていたようだ。

しかし左手が気になる。

と、そこで思い直してみれば、私はこんなことをしている場合ではないのだった。早く映画館に行かないと、このままでは日が暮れてしまう。太陽の数はたかが知れている、明日が来るまでにそれほど時間は余っていない。折角映画を見られるだろうだけの金銭を入手することに成功したというのに、こんなところで不要な足止めを食っているわけにはいかないのだ。覆面の男の首がどうなるのだか知らないが、しかしそんなことは私とは一切無関係である。覆面の男の首は私の十七番目の妹とも、無関係な筈《はず》だ。他の妹達に関しては言うに及ばない。全く、勘弁して欲しい。

私はおずおずと挙手をして、覆面の男に、映画館に映画を見に行かなくてはならないから、早く用件を済ませて、この身を解放して欲しいという旨を伝えた。私としては出来る限り礼儀を尽くしたつもりではあったのだが、矢張り覆面の男は逆上し、私にコルトの銃口を向けた。その筒穴の奥を見ていると、何だか吸い込まれそうに思えて、私は座っていた椅子のへりを確《しっか》りとつかんだ。覆面の男はぐちゃぐちゃと喚《わめ》く。発音は相変わらず滅茶苦茶で、早口になれば益益《ますます》ヒヤリングは困難になったが、しかし物腰と剣幕から判断して、彼が怒り心頭に発しているのは確かだ。怒髪も天を衝いている。どうやら、お前は俺の話を聞いていないのか、と言っているようだった。聞いてる。聞いているからこそ、私はこうして困っているのだ。そう答えると、覆面の男は拳銃の引鉄《ひきがね》を引いた。

左手の親指で。

拳銃の弾丸は高速で回転しながら男の覆面を貫いて、男の額も貫いて、もう一度男の覆面を貫いて、最後には銀行の天井を貫いて、先程私が夢想した汽車のように、天高くへ昇っていった。

覆面の男は絶命した。

馬鹿な奴。右手でなら、薬指でもよかったのに。取り扱い説明書を読まずにMDウォークマンを装備したようなモノだ。同情にも値しない、慰めの言葉もない。私はこれから映画を見に行くが、それは十七番目の妹が死んだからであって、この愚か極まりない覆面の男が死んだからではないということを、よく銘記しておかなくてはならぬ。私はこんな人物のためには、映画館の映画どころか、図書館の本だって、読もうとは思わないだろう。

私は銀行を出た。映画館は何処だろう。すっかり時間を消費してしまったし、銀行に入る前とは街の様相が、またもやすっかり変貌してしまっていたので、如何《いかん》ともし難い。下調べしてきた住所や目印など、こうなってしまえばもう何の役にも立たぬに違いない。全く、詮無き話である。

取り敢えず私は戊午座の方角へと向かうことにした。先刻銀行員のお姉さんが、キャッシュディスペンサーがあると教えてくれた方向だ。キャッシュディスペンサーがあって映画館がないというようなことはあるまい。あの銀行員のお姉さんはいい目をしていた、信頼してもいいと思う。私の二十三人の妹の中にも、あれだけの目が出来るモノが、果たして何人いるものか。少なくとも、十七番目の妹などには金輪際《こんりんざい》不可能であろう。

私の目は何色だろうか?

歩くに連れ、己が山道に向かっていることがわかってきた。どうやら求める映画館は山の中にこそあるようだ。上下逆様の上映の件といい、その映画館の経営者は本当に洒落《しゃれ》ているではないか、しゃらくさい。哂わせてくれる。妹のこと以外で哂うことなど滅多《めった》にないだけに、私は少し愉快な気持ちになった。財布を忘れてアヤがついてしまったところだけに、これには相当救われた気分になった。

もしもし、と正面から声をかけられた。はて、声はすれども姿は見えず。しかし単純に、それは姿が私の視界に入っていなかったというだけで、その、背丈が私の腰までくらいしかない熊《くま》の少女は、ちゃんと、私の正面に立っていた。姿勢がいい。熊といえば何となく猫背に、前屈みになっている図をイメージしてしまう私ではあったが、その熊の少女は、まるで天から紐で釣られているかのように、思わず見とれてしまう程姿勢がよかった。自然、私も背筋を伸ばしてしまう。熊が本当はどうなのか知らないが、私は猫背である。

私に何か用事かな、と問うと、熊の少女は、貴方様にお電話です、と言って、私に携帯《けいたい》電話を差し出した。私は屋外にいるときにまで他人と繋がっていたくはないので、携帯電話とは契約していないから、家以外で電話を受けるときには、こうして通りすがりの少女から借り受けることになる。迷惑がられることもあるのだが、熊の少女はニッコリと可愛らしく微笑んでいて、私も気後れすることなく、その携帯電話を受け取ることができた。

電話は十七番目の妹からだった。

二、三、あってもなくてもいいような適当な挨拶《あいさつ》を交わしてから、十七番目の妹は、御免なさいと謝った。非常に申し訳なさそうな感じだった。十七番目の妹は同情を誘うのは上手《うま》いのだ。その辺りもどうにも捻くれている。十七番目の妹は続けて、もう二度と自殺なんてしないから許して欲しいという。早くも次に死ぬときのことを考えているとは気が早い。それに、それはこれまでに何度も聞いたことのある台詞《せりふ》だった。しかしここでそんなことを指摘しても仕方がない、私はいいよ気にするなと言って、電話を切った。他人の電話であまり長話をするわけには行かぬ。私は熊の少女にお礼を言って、電話を返した。熊の少女は嬉しそうに笑った。

お逃げなさい。

熊の少女はそれだけ言って、遮る木木《さえぎ》を飛び越えて道なき道、私から見て右手の方向に、駆けるように去っていった。その後姿に私は暫く《しばら》の間手を振っていたが、熊の少女は結局一度も振り返らず、特に意味もなかったようなので、私は先を急ぐことにした。

三人の物語を知っている。

一人は呼吸のリズムを刻む。一人は呼吸を止めて深く潜る。一人はそもそも呼吸をせずに浮かび上がらない。それを泳ぎ方で例えるならば、一人目はバタフライを、二人目は潜水を、三人目は素潜りをしているのだ。三人は三人ともそれぞれに同質ではあるものの、そのベクトルがまるで違う方向を指しているのである。物語とは要するに、底のない二十五メートルプールで延延と往復し続けるようなモノなので、どうしたところで、それら三つのイズレか、或いはそれら三つの中庸を、選択しなければならない。そういった選択をすることこそが、つまり、生きるということなのだと、私は考える。生きるということであり、許すということである、と。

山道はいよいよ険しくなってきた。遭難しないよう気をつけねばならぬ。山道で迷った所為《せい》で映画館に辿り着けないなどと、座禅で脚の痺《しび》れを切らせてしまった僧侶のようなモノではないか、本末転倒もいいところだ。恥ずかしくてとても語ることなど出来ない。そう思ってみると、今に至ってなお細く細く変貌し続けているこの道が、何とも頼りないタイトロープのように思えてくるから不思議だ。嗚呼《ああ》、コーヒーが飲みたい。コーヒーを飲んで落ち着きたい。否、そうでなくとも、とにかく、矢鱈滅多《やたらめった》ら喉《のど》が渇いている。銀行員のお姉さんから戴いたガソリン味のドリンクでは全然足りない。何せここは山の中だ、何処かに清水でも湧いてはいまいか。

山小屋があったので、靴紐を結び直す。

大きさから考えてこの小屋が映画館であるというようなことはないだろう、調べる必要はない。しかしそこで、そういえば、と、私は思い当たった。今回の十七番目の妹は自殺で、しかもそれは、家の裏にある、小屋の中での首吊り自殺だった。十七番目の妹は、あの愚かな覆面の男とは違って、別に首を切られてもいないし回らなくなってもなかったし、首を吊らなければならない理由など皆無ではあったが、しかし首を吊ったのだ。そして、あの娘が首を吊ったのは、確かこのようなカタチの小屋ではなかっただろうか。ならばこの山小屋の中で、今誰かが首を吊っているかもしれぬ。考え過ぎ、気の回し過ぎであるのは重重承知していたけれど、しかし一度そう思ってしまえば、そうとしか思えなくなってくる。絶対に有り得ないことではあるが、十七番目でない妹達が首を吊っているかもしれないと思うと、此処《ここ》を素通りするのは難しい。それに、ひょっとすると、その妹は、まだ見ぬ、二十一番目、二十二番目、二十三番目の妹であるかも知れぬのだ。

私は小屋の周りを軽く一周する。窓があればそこから中を覗いてやろうと考えたのだ。しかしその小屋に窓はなかった。一階にも、そして二階にも。これでは風の通りも陽の通りもさぞかし悪いだろう。欠陥住宅であるとしか思えない。恐らく何か不形体のモノを閉じ込めているのだろうが、しかしここまで度を越すと、製作者は責められて然るべきだ。止むを得ず、私は表に戻って、素直に工夫なく、小屋の扉をノックした。五秒ほど返事を待っていると、何か御用ですかという、奇妙なまでに清清《すがすが》しい感じの、綺麗《きれい》で軽い声が、扉の向こうから聞こえてきた。突然のご無礼申し訳ありません、と私は切り出す。不躾《ぶしつけ》な質問では御座いますが、この小屋の中に私の妹がお邪魔しておりませんでしょうか。ひょっとすると首を吊って自殺しているかもしれないのです。すると、あらあら、と、同情したような声が返ってくる。何とも驚いたことに、つい先程まで、この小屋には二十一番目の妹と二十三番目の妹が暮らしていたらしい。声の主はその二人から、無料でこの小屋を譲り受けたとのことだった。その正確な時間を訊いてみれば、ほんの数分前のことだと言う。ならば入れ違いというよりすれ違いに近い。私は念のために二十二番目の妹のことを質問したが、その娘については何も知らないとのことだった。

落胆は隠せぬ。

しかし三人の内二人までの健在が確認されただけでも、ここはよしとするべきであろう。十七番目の妹が死んだところだったので、これはグッドニュースと言うべきだ。家に戻ったら早速皆に教えてやらねばならない。九番目の妹など諸手を挙げて大喜びすることであろう。しかし、勿論《もちろん》、映画を見ないことには家には戻れない。声の主に映画館の所在についても訊いてみたかったのだが、しかし、如何に私が礼を弁《わきま》えぬ朴念仁《ぼくねんじん》であったところで、これ以上質問をするのはどうかと思われたので、控えることにした。

熱いお茶を一杯戴いた。

声の主は最後まで姿を見せなかったが、しかし最後まで清清しい声だった。こんな声の持ち主が妹の一人だったらどれほど心救われることだろうと、私は少しだけ、不浄なことを考えた。

その後小道を歩き続けていると、ようやく視界が開けてきた。視覚情報を有難いと思う僅かな機会は、こういうときこそである。一時はどうなることかと思ったが、どうやらルートはこれで正しかったらしい。映画館が見つかるのも、この分ならそう遠い話ではないだろう。そう思うと柄にもなく焦《あせ》ってしまって、足下の小岩に躓《つまず》きそうになった。ここで転びでもすれば、前回、五年前に映画を見たことすらも無駄になってしまう、気を引き締めなくては。

しかし不思議なモノである。何度も繰り返して主張するように、私は映画など見たいとは思わない。見なければならない理由が、私の中には一個として存在しないのだ。無論、映画を見ようという人人のセンスにケチをつけようというつもりは更更無い。私は通念よりも信念に重きを置く人間を尊敬する。素晴らしいモノを素晴らしいと判ずることのできる貴重な人間を、どうして批難することができようか。本当のところ、だから私は映画を否定しているのではない。そうではなく、映画を見るという行為に関して、幾らかの疑念を抱いているだけなのだ。

しかし、それでも、こうして映画館を探していると、いつの間にか、己が映画を見たくて見たくて仕方がない人間のように思えてくるから、私は不思議だと感じるのだ。これでは、探している内に本当に映画を見たいと勘違いしてしまい兼ねない。そうではないことを頭では分かっていても、身体が分かってくれないのだ。

望まぬ仕事であっても続けている内にやり甲斐というモノは生じるし、嫌いな役割であってもこなしている内に愛着が湧く。逆に望み通りの仕事、好きな役割というモノは、続ければ続けるほどに、こなせばこなすほどに、飽いてくるモノかもしれぬ。

まあよい。

どちらにしても仕事は仕事、役割は役割である。果たさぬことにはお飯《まんま》の食い上げだ。

その後暫く歩いて、映画館は、拍子抜けするほどにあっさりと見つかった。銀行からここに至るまでの一本道、どうやらそれ自体が映画館の入り口へと通じる導きの道だったようである。ならば財布を家に忘れたことも、事がこういうカタチに収まるのならば、怪我の功名というべきか。十七番目の妹が導いてくれたなどとは決して思わないけれど、しかしこれはただの偶然だとは思えぬ。まあ何にしても、有難い話であるには違いない。

私はズボンのポケットを探り、銀行で下ろした五千円を確認する。あまりにも無造作にポケットに突っ込んでいたので、ひょっとしたら落としてはいまいかと、突然不安になったのだ。しかし、ちゃんと、五千円札はポケットに収まっていた。私は胸を撫《な》で下ろした。五千円札を探して山道を奔走する図など、あまり格好のよいモノではない。さながらヘンゼルとグレーテルではないか。するとあの小屋は魔女の住処《すみか》か。あるいは狼の食餌《しょくじ》場か。豚の組んだ火の元か。何にしたって、所詮ロクなモノではない。

私は映画館のチケット売り場へと向かう。大人一枚四千円、子供半額、幼児と老人は無料。私は大人なので四千円だった。危ないところだった、千五百円だと油断していたらここで立ち往生する羽目に陥っていた。これだから涅槃《ねはん》と株には手を出せない。十七番目の妹が死んだのが、もう遠い昔に思えるくらい、ここに至るまでに労力を費やしたような気もするが、これでひとまず一安心であった。私は五千円札を、チケット売りのお嬢さんに差し出した。

刑務所の面会室のようなガラス板で仕切られた向こう側の、チケット売りのお嬢さんは、けらけらけらけらと人形のように哂って、ガラスの隙間《すきま》から、二等辺三角形のチケットと、それから縄を一本、私に渡した。

縄。

それもかなり太い、ともすれば注連縄《しめなわ》と見間違うばかりの、見事な荒縄である。調べてみれば先端のところで円を描いており、これではまるで首吊り用のロープである。こんなモノを渡されても困る。欲しいのは映画のチケットだけだ、こんな縄はいらない、と、私はチケット売りのお嬢さんに抗議をしたが、しかしチケット売りのお嬢さんはけらけらけらけらと哂い続けるばかりだった。意思がまるで通じない。これでは埒《らち》が明かぬ。先程支払った四千円の中にこの荒縄の料金が含まれていると思うと釈然としないモノが腹に溜まるが、しかし小娘一人を相手に喧嘩腰《けんか》になっても始まらぬ。私は映画を見に来たのであって小娘と喧嘩をしに来たわけではない。小娘と喧嘩をしたいならば街中の塔の上が相応しい、他は全て鬼門だ。

映画館内に這入《はい》る。

猫の額のような館内には近日公開予定のフィルム、絶賛公開中のフィルムなどのポスターが、ところ狭しと貼り付けられていたが、私はその全てを無視した。視界にいれようとも思わない、無駄な情報だ。どうせここに貼られているようなポスターは、次に妹が死ぬときにまで公開されているモノではない。それが十七番目以外の妹を考慮に入れたところで、同じことであろう。しからば視界に入れるだけ目が汚れるというモノだ。そんなモノを視界に入れて、もしもその気になってしまえば誰がどう始末をつけてくれるというのだろう。嫌よ嫌よも好きの内などという文言は愚かしい雄共の傲慢から生じたモノであることは確かだが、しかし嫌嫌であってもついその気になってしまうということは、往往にして、矢張りあるのだ。

ならば触れぬが吉である。

食わず嫌いこそが最良と知れ。

いらぬ情は持たぬに限る。

捥《も》ぎりの男はまるで執事のような身形《みなり》をしていて、私を大いに面食らわせた。オウこの映画を見ンのかい、と、言葉遣いはまるで執事ではなかったが、しかし物腰はそのまま執事然としていて、正直かなり感服させてもらった。このような人間を捥ぎりとして使っているというだけでも、この映画館には信用がおけるというモノだった。次に十七番目の妹が死んだとき、否、これからはずっと、映画に関しては、この映画館を贔屓《ひいき》にさせてもらうことにしようと、私は心に決めた。映画は望んでまで見たいモノではないが、この映画館はいいモノだと思う。私は捥ぎりの執事然とした男に、ええ是非とも拝見させて戴きますと頭を下げた。よしてくれィ、と捥ぎりの執事然とした男は呵呵《かか》大笑した。捥ぎりがお客様に頭ァ下げられちゃァ挨拶に困るサ、とのことらしい。それは確かにそうだろう。これはどのような映画なのですか、と、私は質問した。なんでィ、筋も知らずゥに見に来たッてのかい。ええ、恥ずかしながら。謝るようなことじゃァないさね。まぁ、俺っちが口で説明するよりも、這入って見りゃア分かるだろうサ。百聞は一見に如かずってね。ほれ、上映時間まで後五分しかねエよ。言われて確認してみれば、確かにその通りだった。後五分。その五分を逃してしまえば、もう明日まで上映はないのだ。筋を聞いている内に上映が始まってしまうなど、そんな無様は洒落としても成り立たぬ。

私は捥ぎりの執事然とした男に、チケット売りのお嬢さんから受け取ったチケットと、荒縄とを差し出した。荒縄は、結局使い方が一つとして思いつかなかったので、ここで必要なモノなのかもしれぬと差し出したのだが、しかしそれは中で使うモノだと、にべもなく返却された。そうですか、と私は受け取ったものの、少しだけ、戸惑っていた。使い方が分からぬと戸惑ったわけではない、こんな形状の縄をあまり長時間所有していると、なんだか首を吊りたくなってくるような気がして、恐ろしいのだ。

そもそも首を吊るという行為は気持ちのよいモノであるらしい。否、この場合首は関係ない。首に関して言えば、吊られてしまえば皮が破れ肉が潰れ骨が折れるだけのことである。そうではなく、この場合肝要なのは矢張り呼吸なのだ。無呼吸というモノはかなり気持ちのよいモノであると話に聞く。短い間であるならばそれはただ苦しいだけであるかも知れぬが、しかし長期に亘ってとなれば話は別個だ。先の三人の物語を交えて例えるならば、最後の素潜りの物語こそが、最も快楽を得ているという結論に達する。柔道の絞め技で意識を落とされるのは、人によっては癖になってしまうそうである。そういう風聞を耳にすれば、十七番目の妹が今回の自殺に首吊り自殺を選んだのも、さもありなんという感じである。尤も、あの無学な妹が、そんなことを知っていたかどうかは分からぬが。

目的の映画の上映されているのはB番ホールだった。今までのところ私以外に客は見当たらなかったが、果たしてホールの中にはどれくらいの人数がいるのだろうか。多くても嫌だし、しかし少なくても嫌だと思った。こういった考えが何に対する補完であるのかは不明だが、しかし学生服を着て鉢巻を巻くような不恰好だけは、私としてはどうしても避けたいところだ。いずれ形態に拘っている時点で、私など小人であるという証《あかし》なのかもしれないが。

曰《いわ》く、小人閑居為不善。

忙しいことはいいのかもしれない。

尤も、全ての仕事を果たせていない人間に忙しいなどという言葉を使う資格があるとは、私はちっとも思わない。

B番ホールの、大仰な扉を開けて、中に這入る。這入ったところで、視界に大画面が飛び込んできた。この大画面、つまりスクリーンが、私に言わせれば曲者である。あまりに巨大過ぎて、既に人の感性では測れぬ領域に達している。これでは私がスクリーンに向き合っているのかスクリーンが私を捉えているのか、分からぬではないか。寸法が大きいというのはそれだけで他を圧倒してしまうモノなのである。しかし這入った瞬間には、正面の大画面に気を取られて見逃していたのだが、このB番ホールには他にも、否、まず第一に感じ取るべき、不審と違和感と怪訝とが、並んで存在していた。

椅子がないのだ。

ホールの内に、椅子が一つも見当たらぬ。過去三回ばかり映画を見ただけの、僅かばかりの経験でモノを言うのは憚られるが、しかし映画館のホールというモノは、巨大なスクリーンと向かい合うカタチで、階段状の観客席が設置されているのが普通であるはずだ。

それがない。

どころかホールは階段状にすらなっていないのである。これで画面を見たりすれば、首が疲れて仕様がない。椅子がないのと同じように、観客も、一人もいなかった。ホール内には薄い明りしか点《とも》っておらず、その所為で、椅子も客も見えないだけなのかと思ったが、しかし如何に目を凝らして見ても、椅子も人間も、浮き出てくるようなことは無かった。

どうしたモノか、と思案したところに、もしもし、と、聞き覚えのある声があった。声のした方向を見てみると、そこにいたのは、山道に入ったところで出会った、携帯電話を貸してくれた、あの熊の少女だった。貝殻のイヤリングでも落としたかと、私は思わず身構えた。熊の少女と映画館のホールでダンスなど、とてもではないがやろうという気にはなれぬ。

ですからお逃げなさいと言ったのに。

熊の少女は悲しそうな面持ちで、そんなことを言った。私は、しかし、そんな言葉の意味を、完全には理解できなかった。思わぬ再会による衝撃が心を襲い終えた後も、冷静に戻ることができなかったのである。というのは、熊の少女が、右にいたのでも左にいたのでもなく、なんと、天井からぶら下がっていたからである。

荒縄を使って、逆様に。

縄が描いていた円は、首は首でも、足首を吊るためのモノであったらしい。成程、と私は納得した。確かに、フィルムを逆様に上映する以上、見る方も逆様にならなければならないというのはモノの道理である。今度こそ、と目を凝らしてみれば、天井からぶら下がっているのは熊の少女だけではなかった。スクリーンに映像が映し出されるのを今か今かと待ち構え、画面から一瞬たりとも目を離さないモノ共が、数人と言わず数十人、天井には吊られていた。

そんな場所に立っておられますと映像の遮断になります。熊の少女はそんなことを言う。映像を見るのならば此方《こちら》へ、映像を見ないのならばお外へどうぞ。そんな台詞に、私は正直に言うと、困った。高い処は苦手なのだ。それに、万が一作法を誤れば、首を吊ってしまうことになるかもしれない。映画を見なければならないのに映画を見るために死んでしまうなど、完全なる自家撞着《じかどうちゃく》ではないか。

大丈夫です。

熊の少女は言った。少女ながらにして、それは随分と大人びた、偉く説得力のある語調だった。こちらが心に持つ不安や恐れを、軽く引き剝《は》がしてしまうかのような、そんな言葉だった。お手引きしますから、ご安心召され。熊の少女に背中を押される形で、私は天井から吊られることを決意した。

とにかく妹が死んだ以上どうせ映画は見なくてはならないのだ。今更別の映画館を探す気にはなれぬ。これから先、映画は全てここで見ると私は決意したばかりなのだから。ならば駄駄を捏《こ》ねるだけ時間の無駄ではないか。

天井から吊られ視界を反転させてみれば、様様な思いが錯綜するようだった。否、それはあたかも砂時計の如く、今まで脳髄の中に層を描いて澱《よど》むように溜まっていたモノモノが、上から下へととめどなく流れ落ちていくようだった、とでも表現するのが相応しかろう。つまり錯綜ではなく、これは攪拌《かくはん》だ。コンクリートのようなモノなのだ。思い違いかも知れぬが、しかし思考が、そして記憶が、綺麗に整理されていくような感覚を、私は深く味わった。

言うまでも無く、勿論、恐いという思いもあった。何せ今、私はホールの天井に足首から逆様に吊られているのである。何かの間違いで荒縄が切れれば頭から落ちるだろう。そんな様では垢抜《あかぬ》けぬ。何の申し開きも出来ぬし、又、十七番目の妹ですら、私に同情することはないだろう。

曖昧《あいまい》な記憶によれば、タロットカードの吊られた男は、確か十二番目のカードだっただろうか。十二番目の妹は、よく言えば芯の通った、悪く言えば真面目だけが取り得の、融通の利かぬ娘だったように思う。その両方共、この状況にはあまり関係はないだろうが、私は攪拌された記憶の中で、そんなことを思い出した。

ぱん。

突然、そんな音がした。

何かが爆《は》ぜたような音だった。映画館のホール内において爆竹を鳴らすような不届きモノがいるのか、と私は瞬間、驚くよりもまず気分を悪くしたが、しかし、それは爆竹などではなかった。ホール内は相変わらず薄暗かったが、しかしそろそろ目が慣れてきたこともあって、はっきりとソレが見えた。そして私は、何が起こったのかを理解した。スクリーンに一番近い場所からぶら下がっていた男の頭が、爆ぜたのだ。カタチを無くしたその男の頭部から、ダクダクと血が流れ出て、男の身体が、ここが砂漠の真ん中ででもあるかのように、物凄い速度で萎《しぼ》んで、干涸びていく。逆様になったことによって頭に溜まった血液が、血管の張力を超えたらしい。

まるで水風船だった。

血液が全て流れ落ちる頃には、男の身体はすっかり木乃伊《ミイラ》の如くに変貌し、遠目には荒縄の続きのようにしか見えぬ。

あらあら、と、熊の少女が、嘲笑するかのような表情で、破裂した男を見ていた。あの方、少少興奮し過ぎたようですね。そして熊の少女は私の方を向き、心臓を動かすことを決して忘れないで下さい、と言った。血液が頭に溜まり過ぎたのは、あの男が心臓を動かし忘れたのが原因らしい。つまり胸の心臓ではなく脳の心臓の話だろう。なんて間抜けな、と、哂う気持ちには、しかし、私はなれなかった。それだけあの男は、これから始まる映画に期待を寄せていたということなのだろうから。

脳の心臓を動かすのを忘れてしまう程に心惹かれるモノに、私もいつか出会ってみたいと思う。

素晴らしいモノを素晴らしいと言いたい。

照れも衒《てら》いもなく、理由など必要とせず。

感動したい。

褒《ほ》めたい、とにかく、褒めたい。

そう思う。

十七番目の妹にしたって、仮にあの娘にそういう風に思えるモノがあったとすれば、きっともう少しだけ、生命力、生きようとする思いも、増えるのではないだろうか。

大丈夫ですよ、と熊の少女が言った。諦めなければ大抵のことは大丈夫です。夢ばかり見ていないで、現実を確り見て下さい。現実を見切ってばかりいないで、現実を確り見据えて下さい。素晴らしいモノがきっと、まだまだ沢山ありますから。

子供の言葉遊びにしては随分と気が利いていた。私は熊の少女に有難うとお礼を言った。電話も貸して貰ったし、後でお小遣いをあげるよ。私はズボンのポケットに残った千円札のことを思い出し、熊の少女にそう言った。しかし熊の少女は無粋です、と首を振った。そんなことよりもほら、スクリーンに目を遣りましょう。そろそろ上映時間になりますよ。

スクリーンに幕はかかっていない。

映像は突然に、映し出される。

タイトルは、ニンギョウのタマシイ。

それはとても奇妙な物語だった。捥ぎりの執事然とした男に話の筋を訊いた己を自然に恥じてしまう、それくらいに取り留めの無い物語だった。まるで水辺に絵の具でも撒いたかのように、刻刻と転転と、ストーリーが変換される。強いていうならばそれは集合のような物語だった。様様な思いが、何の仕掛けもなく箱の中に詰め込まれ、外から揺らされているかのような、そんなブレのある物語だ。がしゃがしゃと音ばかりは派手だが、しかし決して、個個が壊し合う、傷つけ合うことはない。集まって、錯綜しては攪拌される。まるで逆さに吊られているかの如き有様だ。逆様に吊られているかのような物語がスクリーンに逆様に映し出され、それを逆様の姿勢で鑑賞する。狂っていると言えば狂っている風景なのかも知れない。むしろ狂気の沙汰と言ってよい。

されどこの世に狂気などない。

人が人であるための条件など所詮は知れている。悲しみを拭うのは喜びではなく日常であって、飛行機で宇宙へ旅立とうなどという試みは端《はな》から捨てておくべきである。自意識の強さも結構な話だが、素晴らしいモノがあったとしても、それは決して私のために作られたわけではない。始まりはいつもそこからだ。そこから仕切らないことには、どうやら何も始まらないらしい。

始まる前には存在しなかった垂れ幕が、スクリーンの前に降ろされる。気がつけばもう、三時間以上が経過していた。少なくとも私は、時間を忘却する程度には、スクリーンに見入っていたらしい。周囲に目を移して見れば、観客の数が半分くらいに減っていた。どうやらエンディングロールを見ずに帰ってしまった手合いらしい。残りのモノの半分くらいまでは、頭が破裂していた。皆一様に干涸びていて、荒縄の続きと化している。フィルムの音声が矢鱈《やたら》と大きかったために、その破裂音は聞こえなかったが、どうやら皆、時間どころか、脳の心臓を動かすことを、忘れてしまったようだ。

熊の少女は無事だった。

まだまだですね、と熊の少女は言った。まだまだこんなモノではないでしょう。もっと頑張って貰わないと。こんなところで満足されては困ります。こんなモノで満足したと思われては大間違いで御座います。足掻《あが》いてもがいて、赤い靴でも履いたが如く、狂うまで踊って貰わねば。

どうやら熊の少女の理想は高いらしい。私はお高くとまっているのですと熊の少女は眼を細めて言った。確かに熊の少女にはこうして天井にぶらさがっている姿が似合っているように私には思えた。私は熊の少女にこれまで素晴らしいモノというのに出会ったことがあるかどうか、訊いてみたくなった。だから訊いてみた。熊の少女はこの世の全てが素晴らしい、というような意味のことを答えた。全て？　全て。例外なく。涙から泥に至るまで。左手の小指から右手の小指に至るまで。私は熊の少女に、いつかの再会を約束し、映画館を後にした。

行きは徒歩だったので帰りは原動機付き自転車を使用することにした。夜も大分更けてきたところに昼と変わらぬ曇天で星の光は一条として差さず、こんな視界で山道を一人歩むわけには行かぬ。往路とは別のルートを採るのであれば、何らかの交通手段が必要だった。

ともあれ、これで儀式は終了した。儀式、という、己が選択したその言葉が妙に可笑《おか》しくて、思わず吹き出しそうになってしまった。しかし、考えてみれば確かに、これは儀式にも似た行為だっただろう。全身に限なく疲労感があり、地中深くを泳ぐ鯰《なまず》にでもなった気分だった。或いは人心深くに佇《たたず》む桜猫か。流動性の荷物を背負っているかのような感覚がいつまで経ってもなくならない。しかしそれだけに、己は確かにやり遂げたのだという思いが、明瞭にある。

十七番目の妹は今度いつ死ぬだろう。

そして私が死んだとき、十七番目の妹は果たしてどんな映画を見るのだろうか。否、そもそもあの娘は私の為に映画を見てくれるのだろうか。

私は家に帰り着いた。

原動機付き自転車を路上駐車し、私はサテ、と心持ちを新たにする。これからが大変だ。十七番目の妹の弔い、先に始めておいて貰っているとは言え、まだまだ責務は残っていよう。私はこれから十七番目の妹を、存分に弔ってやらなくてはならない。

家の扉を開ける。

私の家は映画館だった。

End mark.

タマシイの住むコドモ

人生で四回目の映画鑑賞を終えたその一週間後、私の右足がずるずると腐敗《ふはい》し始めた。原因はとんと思いあたらぬ。痛みも全くなく、何と無く思い通りに動かぬ程度だったので、そもそも右足が腐り始めているということすら、五番目の妹に指摘《してき》されるまで、私は気付かなかった程だ。お兄様大変で御座いますお兄様。お兄様お兄様の右足が夏の太陽の所為《せい》で溶け始めて御座いますお兄様。言うまでもなく今の季節は冬であり、たとえ私の右足が氷柱《つらら》で出来ていたとしても、溶けることなど有り得ぬわけで、五番目の妹の指摘はその意味では的外れではあったのだが、しかしそう言われて私はようやく、己《おのれ》の右足で尋常ならざる事態が進行していることを知った。気付かねば知らぬ痛みでも気付いて仕舞えば痛くなる。そうでなくとも、ずるずるとぐずぐずと、あたかも目には捉えられぬ蛆虫《うじむし》にでも徐徐に食われているが如《ごと》き右足は、正視に耐えなかった。肉体に痛みが無かったところで精神に甚大なる被害を受けることは、これは私でなくともそうだろう。お兄様不用意に無作為に映画など見に行くから悪いのですお兄様。五番目の妹は心底心配そうに、私の右足に黒い包帯を五重に巻きながらそう言った。お兄様いくらわたしたちのためといえどお兄様が映画など見に行くことはなかったので御座いますお兄様。私が先日映画を見に行ったのはあくまで十七番目の妹一人のためだけであって、二十三人の妹全員のためではなかったのだが、それを五番目の妹に説明するのは骨が折れそうだと思い、私は黙って妹の手当てを受けていた。

映画。

映画館に映画を見に行った所為で足が腐るなどという話は、私はこれ迄《まで》不勉強にして聞いたこともなかったが、しかしこの広大なる世界において私の知っている範囲など池に比べて金魚鉢の様なモノ、そういったこともあるだろう。五番目の妹が言うのだから尚更だ。しかしだとしても、後悔《こうかい》する気持ちは私にはない。ニンギョウのタマシイというタイトルの、あの奇妙な映画を、あの奇妙な映画館で見たことを後悔する気持ちは私には微塵《みじん》も無い。何故《なぜ》なら私のこの肉体は肉片の一片一片に至るまで全て家族の為に尽くして惜しくはないと考えているからだ。十七番目の妹はあの日自殺して以来まだ帰って来ないけれど、そういったことは空から落ちる流星の如く、私の意志と私の行為には関係ないことである。外から見ればただの自己満足なのだろうが、しかし自己満足は被害者意識よりも上位に立つ。

お兄様このままではいけませんお兄様。五番目の妹は応急手当を終えてから、そんな風に私に言った。お兄様このままでは腐敗は全身にまで進行し、やがてお兄様は人生をもう一度最初からやり直すことになるでしょうお兄様。それは困りましたね。私は言った。しかしそうなるが定めというのならば甘受する他ないでしょう。お兄様諦《あきら》めるのはお早う御座いますお兄様。お兄様わたしにお任せ下さいませお兄様。五番目の妹はやけに自信に溢《あふ》れた顔で言った。お兄様幸いわたし、腕の立つお医者さまを存じておりますお兄様。お兄様その先生に頼れば、よい右足が手に入ると存じますお兄様。

右足。

五番目の妹のその言葉に、私はかすかに揺り動かされた。五番目の妹は私よりも年長であることもあり、とかく口達者で、誰から見ても間違ったことであれ道理をそこのけに押し通すところがあり、私が端《はな》っから抵抗反論諸諸《もろもろ》を諦めているというところもあるのだが、しかしそういうことだけでなく、私はかすかに揺り動かされた。それこそ十七番目の妹が言ったところで、同じだっただろう。考えてみればこの右足も随分と長く使用している。左足に比べてもその分愛着があると言って言えぬことは無いのだが、しかしそれだけに、このまま腐り果てていく姿を黙って見ているのは忍びないという思いがあるのだ。それは嫌なことからの逃避であり、私はただ自分の足が腐っていくのを見たくないからその役目を他人に押しつけようとしているだけなのかもしれぬ。嫌な人間になり嫌な思いをしたくないというだけの偽善なのかもしれぬ。しかし善も偽善も善の内。右足にしてみても、このまま腐り落ちるのを待つよりも、五番目の妹の言葉に従う方がまだいいだろうと、私は自分を納得させた。五番目の妹の方は私の意志、私の言い分など、最初からまるで構うつもりはなかったらしく、気がつけばいつの間にかお出掛けの準備を進めていた。ランチボックスを片手に構え、フリルのついた可愛らしいドレスを身に纏《まと》っている。いつの間にあの様な衣類を手に入れたのだろう。少なくとも私はこれまで見たことが無い。保護者に隠れての無駄遣いは、兄としては猛省を強《し》いるべき行いではあるのだろうが、しかしその衣装は五番目の妹にはとてもよく似合い、似合う服を買うことが必ずしも無駄遣いにはならぬだろうと考え、私は何も言わなかった。その代わりに、その医者というのは信用できる人物なのでしょうねと、五番目の妹の背中に、ただ一言、質問した。五番目の妹は振り返って、お兄様勿論《もちろん》ですわお兄様と言った。お兄様とても信頼できるお医者さまですお兄様。

正確には医者では御座いませんが。

医者でないのならなんなのですかと問うと、お兄様正確には人体交換屋なのですお兄様と五番目の妹は答えた。それを聞いて安心した。私は映画も嫌いだが医者も嫌いなのだ。医者と聞くだけで鳥肌が立つほどに。しかし映画嫌いと違い医者嫌いはただの我儘《わがまま》と取る向きも多いので、私はそのことを公言していない。無論五番目の妹も知らぬ。だから五番目の妹には私の質問の意味がきっと分からなかったに違いない。私の医者嫌いを知っているのは二番目の妹ただ一人だ。これは他の二十二人の妹に対する差別なのかもしれぬが、しかしこればっかりは、次女の役目であると、私は自分にそう言い聞かせている。お兄様どうかなさいましたかお兄様。なんでもないですよ。そういったわけで、私は五番目の妹と共に、その人体交換屋へと向かうことと相成った。折角のお出掛けということで、また十七番目の妹が自殺して明るい話題が欠けていた我が家の気分転換にも悪くないと思い、一応他の妹達にも同行を促《うなが》してみたのだが、しかし誰一人として予定が合わず、結局は五番目の妹と二人での旅路だった。

余りにも有名な話だが、この街の冬に雪は降らない。否《いな》、降らないというわけではないのかもしれぬ、こうして実際、目の前には雪景色が広がっているのだから。だがしかし、誰も雪が降るところも、積もっている最中も、見たことが無い。目撃証言には国から報奨金も出る程で、十一番目の妹と十二番目の妹が、降雪を確認しようと一晩二晩一週間と、構えていたことがあったが、言うまでもなく空振りだった。お兄様お兄様は信じられますか。雪が空から降るということをお兄様。五番目の妹の問いかけに私は信じないですよと答えた。映画を見て右足が腐ることはあっても、ここまで誰も見たことがないというのだから、この街の雪は空から降っているということはないのだろうと思う。お兄様ではこの雪は何処《どこ》から降ってきたというのです。まさか湧《わ》いて出たというわけでも無いでしょうお兄様。正にそうですよと私は、処女雪に自分の足跡を刻みながら頷《うなず》いて見せる。きっとこれらの雪は野草が萌《も》え出る様に、地面の中から湧いて出たのです。お兄様まあ素敵ですわお兄様。五番目の妹はとても幸福そうに微笑《ほほえ》んだ。お兄様お兄様は雪の種がそこら中に埋まっていて、息吹を只只《ただただ》待ちかねているとお考えなのですねお兄様。五番目の妹は言う。お兄様雪とはまるで蟬《せみ》の幼虫の様なモノなのですねお兄様。その通りですと私は言った。

しかしそれにしてもと私は考える。映画を見て足が腐るというのは因果関係として理解は出来ずとも納得出来なくもないが、だがそれはどうして今回に限ってなのだろう。今まで私は、今回を含めて四回、映画館に映画を見に行っている。しかし三回目迄、こんな事は一度も無かった。足だけではない、全身全霊、一部分として腐敗したりはしなかった。それがどうして今回に限って。お兄様どうかなさいましたかお兄様。気付けば五番目の妹が心配そうに私を覗き込んでいた。お兄様矢張《やは》り痛むのですか。歩き辛いですか。お兄様。五番目の妹は言う。お兄様わたしの肩で良ければ幾らでもお貸し致しますお兄様。心配しなくとも良いですよと私は言った。心配を掛けたくないのではなく、まして見栄を張っているのでもなく、単なる正直な気持ちだった。右足が腐っている事実に気付いたとき、若干の痛みを感じたモノの、しかし家を出るときに長ズボンを穿き、腐っている右足を、腐敗の進行している右足を、視界の中に入れずとも良くなったので、それで気が楽になったのだろう、今はほとんど何も感じない。何も感じないというのは要するに感覚が無いということであり、それはひょっとすると歓迎すべき事態では無いのかも知れないが、こうして歩く分には、痛みが無いのは有難い。実際、五番目の妹は、私が頼めば肩を貸すどころかその背中に私を負ぶってすらくれるだろうが、しかし私も一人の兄として、どんな苦境にあれどそんな姿を衆目に晒《さら》す訳にはいかぬ。そういった考え方は、確かに見栄であるのだろうが。

人体交換屋は何処にあるのですかと五番目の妹に訊くと、お兄様■■わま■■さ■で御座いますお兄様と五番目の妹は答えた。ところどころしか聞き取れなかったのでもう一度訊き直したが、しかし同じ様に、聞き取れなかった。どうやら五番目の妹の声帯では表現出来ぬ、表現仕切れぬ類《たぐい》の固有名詞であるらしい。五番目の妹の声帯で無理ならば他の誰にも無理だろう。ということは、即ち私はこれから向かう先をこの先一生知り得ぬという事である。尤《もっと》も、目的地の名など知らずとも、目的地が其処《そこ》にあり私の右足の腐敗を如何《どう》にかしてくれると言うのならば、一向に構わぬ。だからその質問は其処で止め、その場所は遠いのですかと次なる質問をした。お兄様すぐ其処ですお兄様。お兄様但し[redacted]わま[redacted]さ[redacted]に行く前に寄らなくてはならぬ場所が御座いますお兄様。

何処です。

お兄様偽羊牧場で御座いますお兄様。

偶然ではあったが、私はその牧場のことを知っていた。私がそれを知っていることが五番目の妹には意外だった様だけれど、それならば話が早いと思ったのだろう、五番目の妹はそれ以上の説明をしなかった。代わりに歌を歌いだす。頂上が雲を貫く巻泰山に住む、天使の使いを自称する六人組の楽団の代表曲だった。原曲を詳しく知っているわけではないのだが、ギターの音を上手《うま》く表現出来ていると思った。これだけの声帯を持つ五番目の妹が表現し得ぬ地名の場所に向かっているという現実は、ひょっとするともっと重く捉えるべきなのかもしれなかったが、そんな気分にならなかったので、私は只只、五番目の妹の鼻歌に耳を傾けるのだった。

俄《にわ》かに雨が降り始めたのはそんな時だった。雪は降らねど雨は降る。それも冬となれば頻繁《ひんぱん》に。梅雨は六月だけで終わるが冬は三ヵ月以上、悪い時には一年近く続くのだ。お兄様急がなくてはなりませぬお兄様。五番目の妹は慌《あわ》てた様に鼻歌を止め、私を焦《あせ》らせた。お兄様急がねば羊《ひつじ》が溶けて仕舞いますお兄様。確かにその通りだった。しかも今降っているこの雨は相当に温度が高いらしく、地面に積もっていた雪が瞬間で液化して行く。熱湯と迄は言わぬが、どうやら心地よい風呂の温度くらいの雨ではあるらしい。風呂ならば心地よいが雨ならばそうは行かぬ。偽羊牧場に向かっている最中となれば尚更だ。何故ならその牧場の羊は、総じて折り紙で出来ているからである。雨に濡れてしまってはその毛を刈る事がままならぬのだ。急ぎましようかと、私は腐って感覚の失せた右足を引きずる様に、五番目の妹と並び、二人で早足になる。人目も殆《ほとん》どない様ではあるし、ことと次第によっては五番目の妹の肩を借りることすら有り得ると思いながら。

今の所私の右足が腐り出した原因だと考えられる、この間の映画ニンギョウのタマシイだが、映画に一切の興味が無い私にしては珍しくそれなりの感銘を受けたモノだったが、しかしサテ、と思い出してみるに、その映画の内容が如何《いかん》とも思い出せぬ。雨の中を早歩きで道程を急いでいるというコンディションを差し引いても、決して記憶力の悪い方ではない私にしてみれば、これは看過しかねる状況だった。ニンギョウのタマシイ。果たしてどんな内容だったのか。その内容がこの右足に直結しているのだとしたら、私はそれを是が非であっても思い出さねばならぬというのに、さして広くもない脳髄の中にはその取っ掛かりすら見当たらぬ。■■わま■■さ■に居るという、五番目の妹が言う所の腕の立つお医者さま、もとい腕の立つ人体交換屋に、これでは事情を説明することが難しい。説明が出来ないことがそのまま説明となる様な、そんな病状である可能性を含めれば、それ程深刻にならなくともよいのかも知れぬとは言え、安易な判断はこの場合禁物であろう。あらゆる選択肢を残しておき、今の己に可能なだけの全力を尽くしておく必要はある。

お兄様。

お兄様到着しましたお兄様。

適温の雨が止む頃には、私と五番目の妹は、[redacted]わま[redacted]さ[redacted]へ到着する為の経過地点、偽羊牧場へと辿《たど》り着《つ》いた。牧場とは言え其処は偽りの場所、牧場主などは一人だって居やしない。折り紙で作られた羊がいるだけだ。そしてそれは半ば分かっていたことではあったが、木製の柵《さく》で囲まれ、普段ならば伸び伸びと草を食《は》んでいる筈《はず》の羊達は皆、雨粒によってどろどろに溶けてしまっていた。

まるで腐っているかの如く。

お兄様これではどうにもなりません困りました困りまして御座いますお兄様。五番目の妹は途方に暮れた様にそう言った。一匹でも良いから生き残ってはいないモノですかねと私は五番目の妹に言った。目的を見失うと脆《もろ》い所があるがその目的が一つでもあれば常に気丈に振舞えるというのが五番目の妹の最も特筆すべき性格上の長所であり、この場合もその長所は確かな形で発揮された。五番目の妹は跳躍一番、木製の柵の囲いを飛び越えて、崩れ落ち既に羊であることを停止している羊達を一匹一匹検分し始めた。五番目の妹に比べれば私など不器用も不器用、甚《はなは》だしいので、却《かえ》って邪魔になってはならぬと、私は柵を乗り越えることもせず、五番目の妹の行為を眺めていた。しかしどうやら成果は芳《かんば》しくないらしく、最初は目的を与えられ明るかった五番目の妹の表情は、一匹また一匹と折り紙で作られた羊を検分する作業が続くに連れ、その作業が終わりに向かうに連れ、どんどんと暗いモノへと変貌していった。ざっと見渡して、囲いの中に羊は三百匹程いる。否、いたと言うべきなのかもしれぬが、ともかく、三百匹もの羊がいて、それでほんの一匹すらも生き残らぬということが果たしてあるモノだろうか。これこそが先人の言う希望的観測なのかも知れぬが、しかし一匹位と思うのが人情である。

とそこで私は妙案を思いつく。作業も終盤にさしかかった五番目の妹の後姿に、私はおおいおおいと声を掛けた。一匹丸ごとの生存が望めなくとも、多層的な構造の紙である以上、一匹につき幾らかは、無事な部分が残っている筈である。三百匹。一匹ずつの無事はそれぞれ少量であっても凡《すべ》ての羊の無事を集合させれば、一匹分の羊が生まれるのではなかろうか。継《つ》ぎ接《は》ぎ細工染みたフランケンシュタイン博士の怪物の如き存在を生み出す結果になるかも知れぬが、それしか手段が残されていない以上、たった一つの手段はたった一つの冴《さ》えたやり方と称されるべきである。五番目の妹は私の考えを聞くや否や、全身のバネを伸ばす様にして跳ね上がって見せた。お兄様流石《さすが》はお兄様です流石はお兄様ですお兄様。お兄様の様なお兄様を持ててわたしはとても幸福ですお兄様。五番目の妹はそう言って、新たに与えられた目的に喰らいつく様に、その作業に没頭し出した。五番目の妹がランチボックスの中にあったセロハンテープを使って一匹の羊を折り上げる迄に途中の休憩を含めて四時間半を要したが、幸い、その間に右足が腐り落ちる様な事は無かった。先が思いやられはするものの、ここ迄は凡《およ》そ七十点といった所か。失笑を買うかも知れぬが。

　その継ぎ接ぎ羊から皮を剥《は》いで毛を毟《むし》り、それを風呂敷に包み込み、私と五番目の妹は偽羊牧場を後にする。作業によって五番目の妹のフリルの服は血で汚れてしまったので、その辺の木陰で浴衣《ゆかた》に着替えることとなり、その所為で少少歩き辛そうだった。感覚のない腐りかけの右足の私と、どっこいどっこいといった感じだ。これで益益《ますます》、私は五番目の妹の肩を貸して貰うわけには行かなくなった。お兄様■■わま■■さ■はここから一本道ですお兄様。言われて見れば、両側を杉の木に挟まれた細いとも言えぬ太いとも言えぬ舗装された道が、私と五番目の妹の前にあった。この道をまっしぐらに行けばよいのか。行った先に私の右足の状況を改善し得る人物が待っている。そういえば、敢えて確認はしなかったが、五番目の妹は■■わま■■さ■にいるその人体交換屋に、連絡をつけてくれているのだろうか。如才ないこの妹のこと、していると考えるのが妥当《だとう》だろうが、しかし、考え出すと不安になってくる。私は五番目の妹に訊いてみた。お兄様ご安心下さいご安心下さいお兄様。それが返事だった。

　この辺り迄くれば既に雪は積もっていない。先程の雨で凡て溶けて仕舞ったのかも知れぬが、地面の湿り具合から判断して、最初から雪が積もっていなかったと考えるのが普通だろう。とすれば既に街を抜けたことになるのか。狭い様で広いのが世間だとすれば広い様で狭いのが自らが住む街というわけだ。一歩踏み出せばそれで終わる。

右目が痛くなってきた。

気圧が変わったらしい。

右足に感覚が無いのがせめてもの救いだ。

道を進み切り、長い長い遠大な吊り橋を一本、おっかなびっくり渡った所で、どうやら五番目の妹が言う■■わま■■さ■へ到着したらしい。らしい、と言うのは、それっぽい区切りなど何処にも無く、地点を表示する看板すら一枚とて無かったからである。しかし五番目の妹には確信があるらしく、お兄様此処《ここ》で少しも間違い御座いませんここですここなのですお兄様と言った。

人体交換屋の住む場所と言われたモノだからもっとおどろおどろしい風景を想像していたのだが、しかしそこは思いの他のどかな所だった。五番目の妹の話では、ここでは鳥は飛ぶ事は無く犬は前足だけで歩くと言う。それだけに空は低く地面が高い。成程言い得て妙だ。それ故《ゆえ》、効率の良い移動の仕方を憶えるには要領が必要だそうだ。別に長居するつもりは無いので、そのスキルが身につく前にここを出ることになるのだろうが。いずれにしろ得意がる様なことではない。

家に残してきた他の妹達は如何しているでしょうねと私は五番目の妹に言った。千里眼ではない、言っても精精《せいぜい》七里眼の五番目の妹にそんなことを訊いても正しい回答など得られる訳が無いのだが、しかしここで一旦休憩しようという意味で、何と無く軽い気持ちで言ってみたのだった。言ってしまえば出来心だ。しかし五番目の妹は私の台詞を深刻に捉えた様で、腕を組んでお兄様少少お待ち下さいお兄様と言った。やがて顔を起こしお兄様恐らくではありますが全員健在で御座いますお兄様と言う。十七番目の妹の様なことにはなっていないと、そういう意味らしかった。

これは私が迂闊《うかつ》だった。十七番目の妹の自殺に心を痛めたのは決して私だけではない。他の二十二人の妹も同様に悲しかったに違いないのだ。四度目であり、少少面倒だという思いが皆無だったとはとても言えぬが、家族が死んだのだから、悲しいのが当たり前である。まして五番目の妹ならば言うまでもなくだ。否、悲しいというのは違うかもしれぬ。しかし、それに匹敵するだけの感情が、私達兄妹に共通するモノであることだけは間違いがなかろう。故に私は、何があっても他の妹達が如何しているかなどと、五番目の妹に話を振ってはならなかったのだ。

猛省せねばなるまい。

私には気遣いが幾らか足りぬ。

ハートフルなホームドラマの様には行かずとも、私には私にしか出来ないことが、必ずある筈なのに、それをしないそれを出来ないそれを見つけられない、そこ迄くれば、恥じ入るしかないのが普通だろう。仕方あるまい。反省は家に帰ってからでも出来る。今はまずこの右足だ。腐りかけの右足。右足を何とかせねば五番目の妹にも他の妹にも面目が立たぬ。

お兄様そろそろ参りましょうかお兄様と五番目の妹は言う。その人体交換屋は気難しくはないのでしょうねと私は訊く。気難しい人間は苦手だ。お兄様大丈夫です腕もいいだけ気立てもいいお方ですお兄様。信用出来るとはそういう意味も含んでいたか。

■■わま■■さ■を奥へ奥へと入る。右目はどんどん痛くなる。五番目の妹が私を導いたのはブリキで作られたが如き倉庫の様な建物だった。大きいという程ではないが決して小さくはない。心なし青色のオーラが出ている様に見受けられる。中に居るのが尋常な人物でないことは確かだろう。人体交換屋。私の右足を何とかしてくれるのならば、本当の所、信用出来なかろうが気難しかろうが、仮令《たとえ》腕が悪かった所で、本当は何でも良いのだが。

お兄様ここからはお一人ですお兄様。

五番目の妹は建物の入り口を前にしたところでそう言った。どうやらこの建物は二人で入ることが構造上出来ないらしい。心細いが仕方あるまい。妹の前で情けない姿を晒す訳にも行かぬ。私はそれでは行って来ますよと五番目の妹に平気な風に言った。お兄様わたしはここから一歩も動かずにお待ちしておりますお兄様。五番目の妹はそう言った。お兄様どうか息災でお兄様。

入って廊下を少し行った所が、待合室の様な雰囲気のある部屋だった。十畳程の和室で、座《ざ》布団《ふとん》がそこら中に敷かれている。しかしそれだけならば普通だったが、その部屋には私を驚かす一人の人物が居たのだ。そこで背筋の通った正座姿でゆるりと湯飲みを唇に当てていたのは、先日出遭った熊《くま》の少女だった。ずずずとお茶を音を立てて啜《すす》りそれから私の方を見た。おやおや。熊の少女も少なからず驚いた様だった。これはこれは貴方《あなた》とは少なからず縁がある様ですね。こんなところで何をしているんだいと言いながら私は熊の少女の隣の座布団に胡坐《あぐら》をかく。正座は苦手だ。何をしているんだいと訊かれ、熊の少女はお茶を飲んでいるのですと言った。私は今ここに只お茶を飲む為だけに存在しそれ以外の意味など何一つ有りません。和室で座布団の上に正座をして湯飲みに淹《い》れたお茶を飲む以上の幸福がこの世に有るでしょうかいえ有りません。熊の少女はそう言って私に湯飲みを手渡す。貴方も一杯おやりなさいな。熊の少女の言うことは分からなくもなかったので私は手渡された湯飲みのお茶をごくりと頂いた。先程の雨よりも数度、温度が高い様で、心地良い味わいだった。

結構なお手前で。

いえいえお粗末《そまつさま》様でした。

熊の少女は私が返した、空になった湯飲みをその辺に放り投げた。割れはしなかったものの、乱暴な所作ではあった。お茶の入っていない湯飲みなど只の陶器に過ぎません。熊の少女の見事なる言い分だった。この前熊の少女に会ったのは、私が生涯四回目の映画鑑賞を敢行したその日のことだった。私は熊の少女から携帯電話を貸して貰い、そして横に並びあって映画を見たのだった。奇妙奇天烈な体験を共にしたという程親密な仲では無いが、この様な偶然の再会を喜び会う程度の関係ではあると思う。実際、この様な見知らぬ場所の見知らぬ建物で、知った顔と遭遇出来たことは、私の心に幾分かの救いらしきモノを齎《もたら》した。

有り難い話である。神様がいるのならばそれは随分と大物だ。

今言った様に、私はお茶を飲みに来たのですが、貴方は一体、こんな辺鄙《へんぴ》な所に迄何をしにいらしたのですか。熊の少女は私に質問した。矢張りこの辺りは辺鄙ではあるらしい。発音不可能な名称が冠されているのは伊達《だて》や酔狂ではないということか。私は右足を修理しに来たのだと至極《しごく》簡潔な答を熊の少女に返した。修理ですか。熊の少女は言う。よければ見せて頂けますか。はしたないお願いではありますが。特に隠す様な理由も無かったので、私はズボンの裾《すそ》を捲《ま》くり、右足の腐りかけている様を熊の少女に示した。

症状は進行していた。

既に半分以上腐り落ちている。

痛みが無いのが、こうなれば不思議な位だった。どうやらこの建物に至る迄の間に、腐敗度合いが増したらしい。自覚症状が無い救いへの、これが報いか。本人である私ですら驚いたのだから、いわんや熊の少女をやだ。熊の少女は目を丸くしていた。前に会った時には、熊の少女が決して見せなかった表情である。これは一体如何されたのですかと熊の少女は言う。普通何があっても右足だけは腐りません。そう言われれば正しくその通り、一言の反論も無いのだが、しかし現実として私の右足は腐っている。私は熊の少女に、どうやら先日鑑賞した映画ニンギョウのタマシイが原因なのではないかという推理を述べてみた。

すると熊の少女は怪訝《けげん》そうな顔をして、映画を見たからといって右足が腐るという理屈はよく分かりませんと言う。それは私にも分からぬ。けれど現実にそうなのだから仕方があるまい。そういうモノなのですかねと熊の少女は曖昧《あいまい》半端な顔をした。成程故に此処この場所に右足を交換に来たというわけですね。

私は熊の少女に対し、この建物に居るという人体交換屋の事を知っているのかどうかを訊いてみた。熊の少女はどうも、此処には本当にお茶を飲みに来ただけの様ではあるが、それこそ此処この場所に居る以上、その人体交換屋についてまるで与《あずか》り知らぬということはあるまい。ならば直に会う前になるだけ情報を仕入れておく方がよかろう。しかし熊の少女は口が堅い様で、それは直接会って判断するのが良いでしょうと言うだけで、人体交換屋の情報を決して漏らそうとはしなかった。口の軽い人間は信用出来ぬ。それが私の金科玉条である以上、ここで熊の少女の頑迷固陋《がんめいころう》を責めるわけにはいかなかったし、そもそもそんな気にはならなかった。多少残念ではあったが。

そこで熊の少女は困りましたねと唐突に言った。如何したのかと私が先を促すと、もしもあの映画が貴方の右足が腐りつつある原因だとするならば、私の右足もいつまで無事でいるモノか分かりません。それはそうだった。私も熊の少女も同じ映画を見てしまった以上、私の右足だけが腐り落ち熊の少女の右足だけが無事に済むというのもおかしな話である。それは或いは左足か、或いは左手なのかも知れぬが、とにかく、熊の少女が感じる不安は尤もだった。熊の少女は正座を解いて、右足の爪先《つまさき》を私に差し出す様にした。小さな身体の比率としてはという限定を決して解除する訳には行かぬが、それはすらりとした細く長い脚《あし》であった。どうか確認して下さい。私の右足が健在かどうか。

私は熊の少女の右足、その脛《すね》にそっと触れる。滑《なめ》らかな装飾が施された球体を撫《な》でているが如き手触りだった。片手だけでは飽き足らず私は両手で、熊の少女の右脛を両側から掴《つか》む様に、裏側を重点的に、擽《くすぐ》る様に触った。熊の少女は無反応だった。膝《ひざ》の裏の窪《くぼ》みに迄私の指は伸びたが、矢張り熊の少女は無反応だった。無表情に近い顔で如何でしょうか私の右足はと問うて来る。ちっとも分からないね、舐《な》めてみれば分かるかもしれないけれど。ではどうぞお舐め下さいお好きな様に。私は熊の少女の右脛に舌を這《は》わした。二十三人の妹の、誰にもしたことの無い行為だった。見られる訳にも行くまい。私は熊の少女の右足を舐め尽したが、結局、異常らしきモノは何一つとして感じ取る事は出来なかった。大丈夫みたいだよ。有難う御座います。熊の少女はそう礼を言ったが、しかし考えてみれば、本当に不安ならば私と同じ様に、此処で人体交換屋に診て貰うのが一番良いだろうに。気になったのでその点を訊いてみると、私が医者を嫌う様に熊の少女は人体交換屋を嫌っているのだそうだ。ならば熊の少女が此処で只お茶を飲んでいるだけと言ったのも頷ける。熊の少女はそれ以外の行為を、此処でどんな事であれ、するつもりが無いという事だ。貴方はあれから何か映画をご覧になりましたか。熊の少女が言った。私は何も、と答える。それで終わるのも愛想が無いと思い、興味は欠片《かけら》も無かったが、何かいい映画は有るのかなと返した。

有りますよ。

有るのかい。

ええ。

タイトルはタマシイの住むコドモ。

熊の少女はそう言った。生憎《あいにく》私もまだ見られていませんけれど、近い内に鑑賞に行くつもりです。あの映画館にかい。ええ、あの映画館でしか上映していませんから。何ならご一緒に如何ですか。勿論右足の事情が解決して以降になるのでしょうが。妹が死んでもいないのに映画を見に行く訳には行かぬ。しかしここでにべも無く取り付く島も無く断るのも矢張り愛想が無いと思い、タイミングが合えば良いですねと、玉虫色の回答を熊の少女に向けた。熊の少女は純真な風に微笑む。ちくりと私の心が痛んだ気がした。

そこで、奥の襖《ふすま》が耳障りな音を立てながら開かれた。その向こうの座敷から、半裸の看護師が現れる。空虚な目を持つ雰囲気の半端な看護師だった。[redacted]サマ、シンサツノジュンビガトトノイマシタ。看護師は片言の言葉でそう言った。肝心の私の名前を発音出来なかった様だった。考えてみれば五番目の妹ですら、此処の地名の発音を殆ど正確には出来ていなかったのだ。逆に此処らの住人からしてみれば、私や五番目の妹の所属する地域、雪は積もれど決して降る事の無いあの地域に有る固有名詞を発音出来なくとも、それで当然なのである。熊の少女は私に、それではお大事にと言った。私は頷いて待合室の様な座布団だらけのその部屋を出た。雰囲気の半端な看護師の後を追う形で。

案内されたのは古い図書室の奥まった空間だった。其処に一人の男が居た。推測するに彼こそが人体交換屋なのだろう。身体中にケーブルやコードが繋《つな》がっていて、男はまるで拘束されているが如く、身動きが取れない様だった。大仰な椅子《いす》に縛りつけられているに等しい。しかしそれらのケーブルやコードは男が生存するに不可欠なモノばかりであるらしく、男はさして不自由している様子は無かった。いらっしゃいませ。妹さんから話は伺っておりますよ。この度は大変で御座いましたね。男はそう言った。僕は人体交換屋の[redacted]といいます。どうか以後お見知りおきを。

人体交換屋は、どうやら看護師よりは言葉の発音が上手い様だったが、それでも男の名前が私に伝わってくる事は無かった。私が名前を名乗っても、向こうには同じ様に伝わって仕舞うのだろう。となると、なるべく固有名詞の少ない会話をするべきなのか。必要ならば身振り手振りも織り交ぜなくてはなるまい。

人体交換屋は看護師に下がる様に言った。診察は一人でするのが彼の主義であるらしい。少なからず私は緊張していたが、人体交換屋のその気遣いにも似た行為に私の心はやや安らぎを得たと言っていい。私は看護師が去って、ようやく、人体交換屋の正面にある回転椅子に腰掛けた。足元には人体交換屋の身体に直結しているケーブルやコードが絡まる様にうねっていて、それを踏まぬ様に気をつけながら。

では症状を伺いましょう。右足を出して。

ハイ。

私は頷き、ズボンを脱いで、右足だけでなく、比較の為に左足も揃えて、人体交換屋の前に提出した。そして事情を説明する。素人《しろうと》の知ったか振り知ったか論評が玄人《くろうと》にとっては決して快く映らぬ事を私はよく知っているので、映画の鑑賞十七番目の妹の自殺云云については訊かれる迄口を閉ざす事にした。とにかく右足が腐りかけている事。痛みは無いがそれは感覚ごと無いという事。序《つい》でに、この周辺に来てから気圧の変化で右目が酷《ひど》く痛む事。説明の中で私が強調したのは、主にそれらの点だった。

人体交換屋はフムと自分の顎を撫でる。その動作だけで、十数本のケーブルが腕と一緒に動き、それが木製の床と擦れる音。そんな音は人体交換屋には気にならぬ様だった。そして、少し拝見、と私の右足に顔を近づける。そして両の手で患部に触れた。私が先程熊の少女にしたのと同じ様に、尚念入りに。撫で撫でと。人体交換屋は十分程その様な触診を繰り返し、それからもう戻して良いですよと言った。

私はズボンを穿き、如何でしょうと問う。

非常に良くありません、拙《まず》いですね。人体交換屋は悩みを溜め込んだ様な表情を私に見せた。そのただならぬ雰囲気に私は焦りを感じ、どういうことなのかとやや言葉に詰まりながら人体交換屋に詰め寄る。流石に彼はプロであって、そんな私に対しても冷静さを失いはしなかった。貴方の右足は病気ではないのです。人体交換屋はそう言った。病気ではない。病気ではないだって。では何だと言うのだろう。真逆《まさか》寿命だとでも言うつもりか。確かに寿命ならば足が腐ろうとも不思議ではない。あの映画は一切無関係であったという事か。しかし人体交換屋が私に差し向けた次の言葉は、私がこれ迄聞いたことのある言葉の中で最も衝撃的なモノだった。

[redacted]さん。

貴方の右足は妊娠《にんしん》しております。

恥を承知で告白するなら、明らかに私は狼狽《ろうばい》していた。椅子に座っているのでその場に崩れ落ちる様な事にはならなかったが、しかし、全くとして、自分の身体を自分で支える事が出来なかった。今この瞬間を狙って誰かが何かを私に為せば、まるで抵抗無く私は絶命してしまうだろう。それ位に狼狽し動揺した。妊娠。これ迄の私の人生に一度として関わって来た事の無い言葉だった。人体交換屋は私の事を慮《おもんぱか》る様に大丈夫ですかと言って来る。私が大丈夫でない事など誰の目にも明らかだったろうが、しかし取り敢えず此処で大丈夫ですと答えるだけの理性は、ぎりぎりの所で私には残されていた。何か飲み物を頂けますか。私の図図《ずうずう》しいとも言える頼みに、人体交換屋は嫌な表情一つ見せず、手元のナースコールで先刻の看護師と連絡を取り、ピンク色の液体が入った紙コップを、汗に塗《まみ》れた私に手渡してくれた。一息に飲み下す。

私の右足はもう治らないのでしょうか。私が言うと人体交換屋は治るも治らないもそもそも病気ではないのですと言う。確かに妊娠は病気ではないので、それは人体交換屋の言う通りだった。しかし問題の重さがそれで軽くなるかと言えばそんな事は無く、丸っきりの逆である。私はこれからどうすればよいのですか。私は人体交換屋にそう指南を促した。人体交換屋は僕は曲がった事が嫌いですからはっきりと言いましょうと目を細める。

貴方の選ぶべき道は即ち二つ。即ち有無。

人体交換屋は、別に意図的にでは無いのだろうが、とにかく勿体振った感じにそう言った。つまり出産するか中絶するかの選択肢が貴方には用意されております。そのどちらにしても、僕は貴方のお手伝いをする事が出来るでしょう。人体交換屋は誠意たっぷりの口調でそう言ったが、急にそんな重大な選択を迫られてもこちらとしては困る。そんな心理を読んだのだろう、何も今すぐに決断しなくてはならない事ではありませんと人体交換屋は言った。

決断はいつだって館未の刻に。

私は図書室を出、熊の少女のいる待合室の様な座布団だらけの部屋へと戻った。熊の少女はひょっとすると既に帰ってしまっているかもしれぬと思ったが、しかし熊の少女は変わらず、同じ座布団の上で、湯飲みに入ったお茶を、音を立てて啜っていた。おやおや、お早いお帰りでしたねと熊の少女は言った。私はそれには答えず、先刻と同様に、熊の少女の隣に胡坐を掻いた。

努力が必ず報われると言うのなら、世の中はどれ程簡単だろう。しかし世の中は大抵の場合、努力や人の意志とは全く無関係の所で決定してしまう。環境や状況ですら、付随する条件でしかない。運命の道程にぽっかりと大穴をあけて、誰かが何かを待っている。待ちかねている。それは海の底を歩いている様なモノなのだ。海は広くて大きいが、しかし決して忘れてはならないのは海が深いという只一点のみ、それのみである。他人に迷惑を掛けるのは恥じ入るべき事ではあるが、しかし生きている以上他人に迷惑を掛けぬ事など出来る訳も無い。逆もまた然りである。ならば私達が取るべき選択は、無難と妥協の産物でしかなかろう。産物が嫌なら中絶。それこそ有無である。融通無碍《ゆうずうむげ》とはこの事だ。遺憾《いかん》ではあるし、遺憾でしかないが。

熊の少女はその顔は上手く行かなかった顔ですねと言った。私は即答こそしかねたが、しかしここで嘘を吐《つ》くのは仁義に反すると思い、上手く行くも上手く行かないも無かったよと正直に言った。手術の必要なんて無かったのだ、上手く行くも行かないも無かった。熊の少女は、当然、どういう事なのでしょうと私に訊いた。私は事情を説明した。妊娠とは、熊の少女のボキャブラリーに果たして存在が有るのか無いのか、判断に躊躇《ちゅうちょ》がある単語だったが、しかしどうやら、私が懇切丁寧《こんせつていねい》に説明する必要迄は無かったらしく、成程そういう事情だったのですねと頷いた。驚く一方で、熊の少女は安心した様だった。それはそうだろう。これで熊の少女の右足、或いは全身の何処かが、腐り落ちるという可能性は完全に削除された事になるのだから。未だ第二次性徴を迎えていないと思われる熊の少女には、妊娠なんて無縁の話でしかないのだ。

良ければもう一度右足を見せて頂けませんかと熊の少女に言われ、私は胡坐を解き、ズボンの裾を捲くる。腐敗は更に進行していた。もうこの右足では、長時間の歩行は不可能だろう。太い棒で脛でも打たれれば、ぽきりと簡単に折れてしまう事が見て取れた。熊の少女は此処に赤ちゃんが宿っているのですねと言った。そしてどうなのでしょうと言う。

貴方は何を選ぶのです。

改めてそう問われても困る。それが簡単に決断出来るなら苦労は無いのだ。既に私には二十三人の妹がいる。これ以上一人だって家族を増やす訳には行かぬ。しかしだからといって、新たに誕生しようとする一個の生命を無下《むげ》にする事を良しと出来る様な教育を、私はこれ迄に受けていない。八方塞《ふさ》がりとはこのことである。人体交換屋は私には二つの選ぶべき道があると言ったが、その道はどちらにしたって袋小路なのだ。仮に選択肢らしきモノがあるとすれば、それは即ち私がこのまま何も選ばず、右足の腐り落ちるのを待つという道であろう。二十三人の妹や新たな生命に迷惑を掛ける位ならば右足の一本や二本程度何の事があろう、だ。一ダースであろうと惜しくは無い。

しかしそれはそれで、此処迄私を導いてくれた五番目の妹の顔に泥を塗る事に成りかねない。五番目の妹には五番目の妹として、他の二十二人の妹に対する面目というモノがあろう。五番目の妹はとにかく矜持《きょうじ》が高い。ここで私の役に立てなかったとなると、他の妹達から見縊《みくび》られる事となる。それは可哀想だし何より申し訳ない。サテどうしたモノか。甘過ぎるそして温《ぬる》過ぎるかも知れぬが、しかし出来れば、自分以外の誰にも迷惑を及ぼさぬ形で、この件は取り纏めたいと思うのが私の思いではあった。

考えている間にも時間と腐敗は留まる事無く進行しますよと熊の少女は言った。そして空になった湯飲みを放り投げる。放り投げた方向を見ると湯飲みが十五個程転がっている。あれから随分とお茶を飲んだらしい。どうでしょう、思いつきではありますが、私に一つ考えがあります。

考え。考えだって。そう私が問い質すと、熊の少女はええと頷いた。要するに貴方は今判断しかねている訳でしょう。産むも困難産まぬも困難。出来ぬ堪忍《かんにん》するが堪忍。耐え難きを耐え忍び難きを忍ぶ。それが人道と言うのならば、此処で貴方が選ぶべき道は道無き道なのです。道無き道とはどういう比喩《ひゆ》なのです。比喩では有りません。そのままの意味です。

貴方はその子を産みなさい。

私がその子を育てましょう。

熊の少女は薄っすらとした微笑みと共にそう言った。私は熊です。いわば子育ての専門家。見事にその子を育てて見せましょう。

確かにそれは一つの考えだった。私には到底思いつかない種類の、八方塞がりの状況を八方丸く収める、それこそが妙案だった。しかしそれでいいのかいと私は熊の少女に言う。熊の少女は偶然、つまり偶偶《たまたま》で此処に居合わせただけであって、本来はこの右足の問題とは関係の無い所に在るのだ。何を水臭《みずくさ》い事を仰《おっしゃ》りますか。一緒に映画を見た仲でしょう。熊の少女は、今度は満面の笑みでそう言ったのだった。それに、この世に萌え出ずるその前から存在を否定されるような、哀れな存在を見過ごす事なんて、この私に出来る訳がありません。熊の少女はそう言って、私の腐りかけの右足にそっと触れる。かつて私達がそうであった様に、この子も又祝福されるべき、大切な魂《たましい》の住む子供なのですから。

そして決断は終了した。そこからの展開は、流石人体交換屋と謳《うた》われるだけの事はあって、かなり迅速《じんそく》だった。ふと気がつけば私は診療台の上に熊の少女と並べて寝かされており、そして次に気がつけば右足は元の状態に戻っていた。腐っていた部分も見事に回復している。否、病気ではなかったのだから、回復という言葉はこの場合相応しくないのかも知れぬが。

熊の少女は生まれたばかりの赤子を抱いて、何処かへと立ち去っていった。恐らくは近い内にまた会う事になるのだろう。私は他人に借りを作るのが苦手な人間だ。しかしそれを差し引いても、熊の少女には何らかの形で酬《むく》いねばならないと、その背中を見送りながら、私は思った。

五番目の妹は自分で言った通り、建物の入り口の前から一歩も動かず微動だにせず、私の事を待っていた。私が姿を現すとお兄様首尾は如何でしたかお兄様と駆け寄ってくる。問題ありませんでしたよと私は答える。ほらこの通り。心配かけましたね。五番目の妹はとても嬉しそうな顔をした。妊娠云云の事については、この場合伏せておくのが親心というモノであろう。熊の少女の事も含めて、妹達は知らずとも良い話だ。

サテ帰ろうかと私は五番目の妹に言う。お兄様ええお兄様と、五番目の妹は、私に並んだ。私は熊の少女が向かった、これから私達が就く帰路とは反対方向への道に、目を向けないまま思いを馳せる。私の右足が産んだあの赤子。あの子は一体どういったモノに育つのだろうか。それはきっと熊の少女次第であろう。実の所、麻酔が効き過ぎて、私はその赤子の顔すら良く分かっていない。ぼんやりとしか記憶にはないのだ。故に、もしもこの先あの子と再会しても、その子があの子だとは、私には全く判断が出来ないだろう。けれどあの子は私の子なのだ。その現実から逃げる訳には行かぬだろう。嬉しからぬ話だが、現実は常に自身の影の中にこそ潜んでいるのだ。

人を二種類に分ける様な考え方は実をいうとそれ程好きではないのだが、敢えて此処でそれをしてみよう。まず己の存在がこの世界から消えた時の事を考えぬモノはおらぬだろう。そしてその時、その後の世界に何を望むかで、人は二つに分類される。己が消えた事で世界に狂いがあれば良いと思うモノと己が消えた事でどうか世界に影響が及びません様にと願うモノだ。前者は己の価値を信じており後者は世界の安寧《あんねい》を願っている。己の事を二の次に置いている。私は自分が後者であるなどとは決して思わぬが、しかし少なくとも前者の様でありたくないとは願うモノだ。

お兄様そういえばお兄様と五番目の妹が言う。お兄様先程一番下の妹より連絡がありましたお兄様。お兄様から見て十七番目の妹がつい先刻帰還したそうですお兄様。私は驚く。今回は随分と早かったのですね。五番目の妹は頷く。お兄様ええ早かったですお兄様。きっと雪が溶けちゃったからだろうねと私は言った。

右目の痛みはいつの間にか消えていた。

どうやら、腐り果てたらしい。

End mark.

コドモは悪くないククロサ

この世界には一度失えば二度と手に入らないモノが多数あるが、それを私が最も痛感させられるのは夜眠り朝目覚めたときの何とも言えぬ喪失感である。喪失感を失うといえばそれは重言というより撞着《どうちゃく》の部類だが、しかしそうだからこそ、失ってしまえばもう二度とは戻らない。何故《なぜ》ならモノが気持ちであるだけに取り戻せるわけもなく、かといって翌日目覚めたときに思う喪失感が同じモノなのかといえばそれは全くの別物であり、むしろ正反対といってもよいからだ。眠っている時間、我我《われわれ》は恐らく沢山のモノを無くしている。ここで仮に、無くしているという表現が六列編成の護送車の如き欺瞞《ぎまん》と判ずるならば、奪われていると換言すべきだろう。自分が眠っている間に何かとてもとても素敵なことが起きていて自分はそれを決定的に逃してしまっているんじゃないのかと、私の十九番目の妹は口癖《くちぐせ》の如く頻繁《ひんぱん》に言うが、星星を繋《つな》ぎ合わせる一要素としての置いてけぼりという意味では、私も同じことを静かに思う。起きたばかりの喪失感は取り戻せない。誰にしたってそれは同じことなのかもしれないが、喪失感自体を所持しない暢気《のんき》なモノには、おおよそコレが理解しえないであろう感情であることも、大いに承知した上で、私はあくまでそう主張しよう。

時間の経過。

約束通り五年程度眠り続け、私の意識は普通に覚醒《かくせい》した。

如何様《いかよう》な試行錯誤があったにせよ五年の月日の経過は世界に対しどうやら何の影響も与えなかったようで、枕元でじりじりじりじりじりじりと鈴を打ち合わせるような音を響かせ続けている作品としての目覚まし時計が表示する時間は一秒だって進んでいない。しかし時計を裏返して見てみればその目覚まし時計の駆動源である筈《はず》の単三電池が二個、抜け落ちていた。何ということだ、これでは目覚まし時計も只《ただ》の騒音装置だ。まるで意味がない。壁にかけられたカレンダーは五年分剝《は》がれ落ちていて、それだけが月日、否《いな》、年月の経過を感じさせる。それ以外は一切同じままだった。何も変わらない。

お兄ちゃん、お早う、お布団《ふとん》干すから起きて頂戴《ちょうだい》。

私の目覚めをすぐに察したらしい、二十三人いる私の妹の内、十一番目の妹が、階下から駆けつけてきて、そう言いながら、夢うつつの余韻《よいん》を感じさせる、喪失感を思わせる暇《ひま》も与えないまま、私を寝床から叩き出した。べりべり、と音を立てながら布団を畳から引き剝がす。

だらしないわ。酷《ひど》いわねえ。コレは火にくべなくちゃ駄目だわ。

火にくべるのかい?

私は十一番目の妹の言葉に、ぞっとして驚く。

それは流石《さすが》にやり過ぎじゃあないかい? どうにか水に浸《ひた》すぐらいに留められないモノかな。

無駄だと思いながらそう言ったが、案の定、十一番目の妹は、見縊《みくび》らないでお兄ちゃんと言うだけだった。

十一番目の妹はやることなすこと、とにかく過激でやり過ぎで、加減というモノを全く知らない。知らないだけならまだ良いのだが、一向に知ろうともしない。そんな言葉はこの世に存在しないとばかりにだ。水が合わぬのかそうでないのか、自分の判断の正しさを古びた修正液のように妄信しているのである。愚かであるとしか私辺りからは見えぬが、しかし、言って説得出来るようならとっくにそうしている。十一番目の妹は愚かである以上に頑固なのだ。それでもそれなりに気立ての良い娘であることもまた確かであるので、十一番目の妹は、私や、他の妹達からしても、ちょっとした悩みの種なのだ。

無論問題という程の問題ではない。問題が問題として表面化しないことを、問題と言わない限りだが。

無様であることと無類であることは似ているようでその本質は違う。耐久度が平行棒のように段違いだ。

ともあれ、私としてはこの程度で布団を火にくべるのはどう考えてもやり過ぎだとは思うが、しかし、やってはならないことだと言うまでではない。放任主義を気取るつもりはないが、一家を統《す》べる兄としては、ある程度の自由と権利は、妹達に提供したいと思うのである。

そうそう、お兄ちゃん。

お兄ちゃんったら。

布団の裏側に草食動物の骨髄から搾《しぼ》った油を振りまいて、早速ライターで五箇所同時に火を点《とも》しながら、十一番目の妹はくるりと首だけで私を振り向いた。十一番目の妹の首の骨が悲鳴のように軋《きし》む音を立てた。

お客さまが来ているわ。

私に？

ええ、勿論《もちろん》、お兄ちゃんに。お兄ちゃんにお客さん。この家にお兄ちゃん以外を訪ねてくる人間なんていないわ。一人だって、二人だってね。三人訪ねてくるときは、それはもうお客さまとは言えないわ。恥ずかしい限りだけれどね。

それは確かにその通りだった。訊いた自分が恥ずかしいくらいの愚問だった。玄関の前で待たせてあるから、会う気があるなら、早めに行ってあげてね。あと恥ずかしいからあまりこっちを見ないで。そう言ってから、燃え始めた布団をマントのように身に纏《まと》い、十一番目の妹は窓を割ってから、からからと横に引く。そして窓からベランダに出て、其処《そこ》に設置されている竈《かまど》に、身体ごと、這入《はい》っていった。内側から鉄製の扉を閉める。もくもくと、炎炎と、煙煙と、黒黒した空気の塊《かたまり》が、その隙間《すきま》から漏れてくる。油の性能が余り良くないのか、燃焼具合は芳《かんば》しくないようで、十一番目の妹の不満そうな唸《うな》り声が、竈の内より聞こえてくる。階下の応接室に設置されているそれとは違って、このベランダにあるのは、煙突が無い種類の竈なので、物足りなさも一層だろう。

何のことはない。十一番目の妹は自分が竈にくべられたかっただけなのだ。結果から見れば全く分かり易《やす》い妹である。昔、ある童話が掲載された絵本を読んで以来、十一番目の妹はすっかり、竈の炎の虜《とりこ》なのである。五年という歳月は、矢張《やは》り世界を、何一つたりとも動かしてくれてはいない。

まあよかろう。

それはそれで一興である。大過あるかと言われれば大過ない。

やがて竈の中からは何も聞こえなくなったので、私は、玄関で待たせているというお客様とやらに、取り敢えず会うことにしようと、ベランダから室内に戻り、布団を無理矢理引き剝がした所為《せい》で、ボロボロに腐敗して仕舞った畳の、その部分を避けるようにしながら部屋を出て、階段を下る。

長い長い階段だった。

五年では何も変わらない。

それは一人の人間が奮起するためにも、若干《じゃっかん》以上に、短い時間だった。頼りないというべきか。しかしそれぐらいはどうということもないのかも知れぬ。階段の踊り場に刻まれた、丈《たけ》比《くら》べの痕が、五筋増えていることだけが、何かを意味しているのかもしれなかった。

普通、意味に意味などないが。

意味は意味であるだけだ。

玄関口に向かう前に、私はリビングに向かった。リビングの方で何やら音が聞こえたからだ。普通の音ならば聞き逃しても良かったが、それはどうやら、八番目の妹の声のようだったので、一応、目覚めの挨拶《あいさつ》くらいはしておくべきかと思ったのだ。客人が誰かは知らぬが、しかしそれは、妹より優先されうるモノでないことだけは確かなのだから。

リビングへ通じる廊下を歩き、リビングに通じる扉を開く。しかしそこはリビングではなくダイニングだった。何処《どこ》かで何かを間違えてしまったらしい。私らしくもない。ひょっとすると寝惚《ねぼ》けていたのかもしれない。

あらあらあら、兄さん。

兄さんじゃないですか。

リビングから八番目の妹の声が聞こえた以上当然の帰結といえば当然の帰結だが、ダイニングには十四番目の妹がいた。十四番目の妹はテーブルに食器を並べて、どうやら朝食の準備をしているようだった。ひょっとすると夕食の準備かもしれないが、しかし、今さっき私が起きたところである以上、コレは朝食と判断するべきだろう。

お目覚めですか。随分とよくお眠りでしたね。

そうでもありませんよ。夢は一切見ませんでしたから。よく眠ったなどと、身に覚えのないことを言われたままには出来ず、私は十四番目の妹の言うことをそう否定しながら、妹達の髪の毛で編まれた椅子《いす》を静かに引いて、其処にゆっくりと腰掛けた。ずぶりと、ゲル状の液体に沈み込むような感覚が肌に心地良い。

夢も見ずに眠ったという訳ですか。しかし夢は眠りの浅い時にこそ見るモノだともいわれます。

真逆《まさか》。夢とは突き詰めれば別次元の別な自分の見る映像。其処に繋がる為にはこの世界との因縁を深く断ち切る必要があります。眠りが浅ければ、それでは通行料にも成りません。

成程。大いに納得です、兄さん。流石兄さんの言うことは冴《さ》えていますね。

それ程でも有りませんよ。

コーヒーは如何《いかが》？　それとも朝食がいいかしら。お望みならば昼食までなら現時点で準備が可能ですけれど。

朝食をお願いします。

分かりましたと、十四番目の妹は、食器を着着と並べ続ける。まるで食器を並べるが為に生まれて来たかのような、手つきのなめらかさだ。食器の表面も滑滑《すべすべ》で美しいが十四番目の妹の手つきに較べれば評価にも値《あたい》しない。いっそ十四番目の妹自体が食器になってしまえばと思わなくもないが、しかし幾ら兄とはいっても其処まで望む訳には行かぬ。十四番目の妹に限らず、妹の人生は妹が決めるべきである。

はい、どうぞ、召し上がれ。こちら、五年間ずっと、鉛《なまり》の鍋で煮詰めていた、兄さんの脳髄《のうずい》のスープになります。

戴《いただ》きます。

どうも頭が軽いと思った。眠っている間、私の脳髄は鍋の中にあったのか。リビングに辿《たど》り着《つ》こうとしてダイニングに辿り着いて仕舞う訳だ。脳髄がこんなところにあったのでは仕方がない。そんな事情ならば、私でさえ、私のことは責められないだろう。しかし此処《ここ》で食べれば元通りである。自分の脳髄は余り美味《おい》しくないだろうから食事としては好むところではないのだが、背に腹は替えられない。具材料は勿論のこと、一滴も残さずスープまでしっかり飲まなくてはならぬ。スープの中には脳髄の他、横隔膜《おうかくまく》が入っていた。それは私の横隔膜ではないようだ。私の横隔膜はこんなに黒くない。

兄さん、そういえばお客様が見えていますよ。

私の向かいに座って、綺麗《きれい》に並べ尽くされた皿をうっとりと美味しそうに眺めながら、そして自分は純粋なコーヒーのみを飲みながら、十四番目の妹は、十一番目の妹と同じことを言った。否、同じことではなかった。続きが違った。十一番目の妹は客人が私を待っているのは玄関口だと言ったが、十四番目の妹は私に向かって、客人が私を待っているのは勝手口だと言ったのだ。

聞いていた話と違いますね。

裏返しのその話に、私は若干不審を覚えながら言った。十四番目の妹が相手ならば、感じている怪訝《けげん》さを隠す必要はない。

私は、客人は玄関で待っていると聞いていますが。

しかし私は勝手口で待つように、言いました。

貴方《あなた》が言ったのですか？

私が言いました。私は言いました。

ふむ。

私以外の誰でもありません。私は、私です。たとえ万が一に私が私でなくとも、私は、私です。

十四番目の妹はここで、私に対して一歩たりとも譲らなかった。十一番目の妹とは違って十四番目の妹は決して頑《かたく》なではない、むしろ白いモノでも兄である私が黒であると言えばじゃあ私は青にしますと言って微妙に一緒に間違ってくれるような柔軟さを持ち合わせている。その十四番目の妹が、勝手口であると断定しているのだ、恐らく勝手口が正解なのだろう。純粋に統計学的に考えれば、間違えているのは十一番目の妹の方である。それが我が家での確固にして不動の不文律だ。ならば私が向かうべきは玄関口ではなく勝手口であるということか。説明過多なくらいに悲しいことではあるが、それが厳然とした揺るぎない事実である。

じりじりじりじり、と音がした。本線から外れた音だ。目覚まし時計の音かと思ったが、十四番目の妹の携帯《けいたい》電話の着信音だった。じりじりじりじりと鳴り続ける。際限なく鳴り続ける。

出なさいよ。

十四番目の妹は応えなかった。むくれたように頬《ほお》を膨《ふく》らまして、沈黙を保つ。その間にも着信音はじりじりじりじりと鳴る。鳴り続ける。

出なさいよ。煩《うるさ》くて仕方ない。

そう言うと、十四番目の妹は、この程度の雑音がそんなに煩いのでしたらどうぞ兄さんがお出になってくださいと、脇《わき》の鞄《かばん》から取り出した携帯電話を私の方へと手渡した。出る義理も必要も此処では無いと思ったので、私はその携帯電話をスープに混ぜて、私の脳髄と一緒に細かくしてから、口へと入れた。頭蓋骨《ずがいこつ》の中でじりじりじりじりと暫《しば》く音が鳴り続けたが、やがて静かになった。留守番電話サービスに接続されたのかもしれない。十四番目の妹はやや不満そうな眼差しを私に向けたが、しかし意味のあることは何も言わずに、コーヒーを只管《ひたすら》に飲み続けるのだった。身体の半分がカフェインで構成されている、十四番目の妹らしい行いである。

観念的な話をするつもりはない。

所詮世界は世界である以上に世界である。其処には時間も空間も不干渉である以上に非干渉だ。意味によって実在が弄《いじ》くられてしまうような馬鹿げた思想は、私にとっては一切不要極まるモノなのだ。人間の指が十本だったところで百本だったところで、それならそうで、別のカタチでキーボードを叩いたに違いないのだ。実際に即して作り上げられたご都合主義の感覚を、あたかも運命であるかのように語るのならば、罪に対し罰を与えることすらご都合主義の一環だ。見えぬなら見えぬと言うべきだし、触れぬ神に触れようとすること自体が不遜《ふそん》なのである。

渋く引き寄せ合えば全てが良いモノではない。

それでは粘土遊びもさながらだ。

悪いモノは悪い。

良いモノは良い。

それと同じレヴェルで語れる二元論が生きる上で必要ならば、私はその必要を絶対的に拒否するだろうと、此処で宣言しておこう。宣言が必要ならばの話だが。

私は私の脳髄を食べきった。

食器をべろべろと舐《な》め、スープの一滴も残さずに。途端、頭がすっきりしてくる。気持ちの良い重量が背骨にかかるのが分かる。無ければ無いで何とかなるが、取り戻せば何ともいえぬ充実感がある。どうやら私に限って、脳味噌《のうみそ》とはそういうモノであるらしかった。

目覚めたときの喪失感も取り戻せれば。

私も同じことを思うのだろうか。

それは妄想にも近い仮定ではあるが、しかし戯《たわむ》れに考えてみるにおいて、そのときの私は、それどころでは済まないのではないかと、思えるのだった。いずれにしても、詮のない話だが。

兄さん、顔色が悪いですよ？

そうですか？　自覚はありませんが。

そう。そうですか。でも、なんだか悪いモノでも食べたみたい。

十四番目の妹は心底心配そうに言った。

仕方がありません、お客様にはお帰り願いましょう。兄さんはもう少しの間、眠っていた方が良いのではないでしょうか。

ううん。そうは思いませんけれど。

私はそう愚考しますが、しかし、兄さんが大丈夫というのでしたら、無理強《じ》いは致しません。

十四番目の妹はそう言って席を立ち、食器棚へと向かった。まだ並べていない食器があるらしい。テーブルは既に食器で埋まっているので、もう床に並べるしかないだろう。足の踏み場がなくなれば、玄関口だろうが勝手口だろうが、移動することが出来なくなってしまうので、その前に、と、私は、私の脳髄のスープが汲まれていた底の深い食器を、他と区別する為にちゃんと割っておいてから、逃げるように、十四番目の妹から逃げるように、ダイニングを後にした。十四番目の妹は食器を並べるのに夢中で、私がダイニングから外に出たことには気付かなかったようだったが、しかし、妹の邪魔をしようというほど、私も野暮《やぼ》ではない。

廊下。

サテ、どうしたモノか。

恐らく、というより、確実に間違いなく、十一番目の妹と十四番目の妹とでは、十四番目の妹の方が正しい。五年前どころか、それは悠久の時を遥《はる》か三倍ほど遡《さかのぼ》ったところで、違うことのない、不変にして普遍の事実だろう。しかしだからこそ、今このとき、この現在に限っては、十一番目の妹の言うことを信じてやっても良いのではないかと私は思うのだ。ここでたとえば、私がこれまでしてきたのと同じように、十一番目の妹の意見よりも十四番目の妹の意見を採用すれば、これから先の人生、私は永遠に、十一番目の妹よりも十四番目の妹の意見を採用し続けるのではないかと思われる。

果たしてそれで良いのだろうか？

それが正しいことは間違いない。

十四番目の妹が十一番目の妹より、遥かに優先されて正しさを備えているという事実は、これから先も多分変わることはないだろう。だが二十三人の妹を、正しいかどうかで順列をつけるような兄では、私はなかった筈である。

義務もあれば義理もある。

しかし根底にはそれ以上に平等な愛情がある。

死んでばかりいる十七番目の妹も、或いはまだ見ぬ妹にも、私は公平に接したいと思っている。

十四番目の妹が正しい。

十一番目の妹が正しくない。

それは個性だ、その個性は、たとえどちらがどちらだったところで、何の問題にもならない種類のモノだが――それに対し私が違うリアクションを取るというのなら、それは全くもって平等ではない。

差別だ。差別は良くない。

私はそんな風に考えた末、結局、玄関口へ向かうことに決めた。尤も、そう決めたといっても、ことはそう簡単ではない。何故なら、私は先刻、リビングに向かおうとしてダイニングに辿り着いてしまったばかりである。脳味噌を鉛の鍋から頭蓋骨の中へと取り戻した今、同じミスを犯すとは到底思わないが、しかし、道を間違えた結果ダイニングに辿り着いたということは、普通の遣り方では玄関口は疎《おろ》か、勝手口にすら辿り着けないということである。既にその頃とは正しさの基準が全く違ってしまっているのだからそういう理屈だ。今から思えば、あの長い長い階段を、私がちゃんと降りられていたのかどうかも、怪しいモノだ。間違って上っていたくらいならばまだしも、知りもしない間に踏み外していた可能性も捨てきれない。

踏み外していたなら人外魔境だ。

今更どうしようもないが。

とはいえ、状況が此処まで進行してしまえば、客人をあまり待たせておく訳には行かぬ。一体いつ頃から私を待ってくれているのか知らぬが、少なくとも既に、私が目覚めてから、数刻以上が経過してしまっている。五年如きでは何も変わらぬ世界であっても、それが人を待つ時間ならば話は別だ。袋の電気が常時風の吹くままに従っているというのならばまだしも、そんな諺《ことわざ》は古人の屁理屈に過ぎぬ。そんなモノ、あくまで意思の入射角が規定通り、想定範囲内であったらの話だろう。縦並びだろうが横並びだろうが、待たされっぱなしは誰だって気分を害するモノだ。待つのが好きなんて人間はこの世にいない。少なくとも私は会ったことがない。会ったことがないということは、いないということだ。失ってでもいない限り。

私は闇雲に踏み出した。

決して駆けはしない、忍び足が如き、緩慢《かんまん》さで、熟練の変遷《へんせん》を辿りながら。

向かうのは玄関口である。

しかし敢えて私は、その玄関口に向かうだろうルートを取りはしなかった。その方向へと足を踏み出さなかった。無論、勝手口へのルートを取った訳でもない。真っ直ぐ行って、右。真っ直ぐ行って、右。極極単純に、そう決めたのである。そうすればいずれ何処かには辿り着き、そこが何処であろうと、とにかく窓から外に出て、玄関の方へと回り込めば良い。つまりは搦《から》め手《て》である。本当を言うなら、踵《きびす》を返して、飛び込むようにダイニングに戻り、其処の窓より外に出るのが一番手っ取りばやかったのだろうが、今となっては、それも無体な話だ。私が思い悩んでいる間に、十四番目の妹の並べる皿は、恐らく天井にまで達していることだろう。表面積は羊《ひつじ》の小腸の如くであるはずだ。私の背中に十二枚の羽根でも生えていない限り、或いは特別な嗅覚でも持たぬ限り、ダイニングからの脱出は今や足掻《あが》いたところで不可能だ。

板張りの廊下をひたひたと歩く。足音がひたひたと響く。それは仮初《かりそ》めの無限回廊のように響く。

五年経つのにちっとも古びていない。きっと、妹階段のところと同様に、矢張り、丈比べの傷跡が、五筋増えているだけだった。の人数と同じだけ、この家の中に、丈比べの痕跡があるのだろう。一人当たり五筋、五年分。私の分だけが無い。五筋欠けている。私の分だけが足りない。眠っていたのだ、仕方がない。眠りは誰にも平等に優しい。

世界は何も変わらない。

私は奇跡的に玄関口に到着した。することが出来た。木製の靴箱の上に用意されていた生姜湯《しょうがゆ》を、これ幸いと一気に飲み下す。脳髄のスープと全く同じ味がした。喉《のど》が程よく潤ったところで、私は三足の靴を履き、音符を踏み踏み、チェーンロックをゆっくりと慎重《しんちょう》な手つきでそっと外してから、扉を開けた。じわじわと外界が水のように家の中に侵入してくる。

客人は熊《くま》の少女だった。こういう言い方をしてしまっては何だが、意外な訪問者という程ではない、むしろ私にしてみれば予定調和のようだった。私と熊の少女は過去二回、顔を合わせている。一度目は映画館で、二度目は待合室だった。厳密に言うのなら、映画館で会う前に、山中で電話を貸して貰ったのが最初である。だからそれを零度目、或いはマイナスの一度目と数えるべきかもしれない。ともかくそういった経緯で、私は、この熊の少女とは、何となく縁があると思っていたのだ。久し振りだねと私は言った。私が眠った五年前は、確か二度目、熊の少女と会った直後だったので、正にぴったり五年振りということになる。

お久し振りですと熊の少女も言った。そしてゆったりと微笑《ほほえ》んでみせる。五年振りではあったが、熊の少女の外観は全く変貌していなかった。微塵《みじん》さえも。ふむと私は頷《うなず》く。コレこそ少女の少女たる所以《ゆえん》か。或いはコレこそ、五年の歳月は人を変えない証明か。どちらにしてもこの場合は然程《さほど》変わらぬ、同じことではあるのだが、それでも気になる疑問ではあった。

疑問といえば、と私は思い至る。熊の少女との三度目の邂逅《かいこう》、それ自体は然程予想外ではない、必然に近い事象ではあるのだが、しかし必然に近いとはいっても、一度目の邂逅、二度目の邂逅、それなどは其其《それぞれ》、偶然の産物である。偶然以外の何物でもない。しかし今回、三回目は違う。熊の少女は客人として私に会いに来てくれたのだ。つまり其処に意志が伴っている。ナニガシカの流れに只只従ったのとは訳が違う。

じりりじりりじりりと頭の中で音がした。

すぐ消えた。

熊の少女がお久し振りですと言ったきり何も言わないので、取り敢えず私の方から今日は一体如何《どう》したのですと話を振った。熊の少女はゆるりとその細い首を振って、取り立てて今日という訳ではないのですけれどと言った。その言葉の意味を、一瞬私は掴《つか》めなかったが、しかしすぐにピンと来た。そう、十一番目の妹も十四番目の妹も、二人共、客人がいつ私を訪ねてきたのかを明言していなかったではないか。てっきり私はつい今朝方にでも熊の少女がこの家を訪れたのだと思い込んでいたが、しかしそれは思い込みであったらしい。随分と前から熊の少女は、此処で私を待ち続けていたのかもしれない、ひょっとしたら五年前から。そう思うと、思わぬ再会にやや浮かれ気味になっていた自らの心持ちが酷く恥ずかしくなってくる。果たして熊の少女がどのような用件で私を訪ねてきたにしろ、その用件の内容に拘わらず私は引き受けなくてはならぬだろうという義務感が、罪悪感と複雑に絡《から》みついて、私の喉の奥を急《せ》き立てる。全くもって断腸の思いだ。

どうか一緒に来てくれませんか。熊の少女はそう言って私の服の袖《そで》を精一杯の力で引いた。服と言っても寝起きで着替えていないので、縞縞《しましま》の柄の寝巻きである。髪を整えてもいない、髭《ひげ》も当たっていない。家から出るのには、庭先でさえ相応《ふさわ》しくない格好だ。しかし、熊の少女が袖を引くなら、私はそれに逆らう訳には行かない。気の利いた台詞《せりふ》の一つも言えず、私はずるずると少女に導かれるがまま、妹達と住む我が家から引きずり出されてしまった。二階のベランダの、煙突の無い竈が視界に入る。十一番目の妹は既に竈から外に出ている頃合だろう。色眼鏡で見ればその色が付いて世界は見える。どれ程デリケートなそれであっても、悪い目には悪いモノしか映らない。

今日は空の無い日だった。

ベランダからでは分からなかったが、しかし、空が無いので当然太陽も月もその他星星、何も無い。只の空白だ。空白で有りながら暗い。否、暗いのではない、闇なのだ。見えないということと、存在しないということの差異が、其処では、さながら展示されているかのようだった。こうなってしまうと自分の足元すら覚束《おぼつか》なくなるのだから不思議なモノである。知らず知らずの内に、人間は空と己《おのれ》とを関連付けて生きているということなのかも知れぬ。無論、それはいうまでもなく、空が無いのは地が無いよりは、遥かにマシな現実ではあるのだが。

一体何処へ行くのだいと熊の少女に問う暇《ひま》も与えられることなく、私は熊の少女に自宅から遠く離れた無人駅にまで連れて来られてしまった。無人駅だけに誰一人、人っ子一人犬っころ一匹おりもせず、薄平べったい名を呼ぶのも汚らわしい種類の小動物が物凄いスピードであちらからこちらへ、こちらからあちらへ、しゃかしゃかと移動しているばかりだった。当たり前のように電車など来ない。この駅には時刻表も無いのだ。線路すらも無い。あるのは待ち人が腰掛ける為のベンチと、切符を通すことも出来ない自動改札だけだ。主流のラインから外れて仕舞った、仲間外れのはぐれ駅。これまではそれで良かったのだろうし、打ち明けた段飛ばしな話、ならばこれからもそれで良いのかもしれない。現実問題としては、只それは良ければ良いというモノでもないのだが、そこまでいけば、私が関与するレヴェルでもスケールでもない。私は多芸ではなくしかも無芸なのだ。

三分後にやって来た電車ではない何かに乗って私と熊の少女は無人駅から出立する。それは猫だったかもしれないし熊だったかもしれないし或いは目を閉じた胎児《たいじ》の背中だったかもしれない。とにかく私と熊の少女は電車ではない何かに乗って何処かへ向かう。一体全体これから何処へ行くのだいと、私は此処に至ってようやく、熊の少女に質問することが出来た。

買い物です。

熊の少女はそう答えた。端的に。

買い物。何を買うんだい？　何となくの手遊びで寝巻きのポケットを探ってみると、其処にはチョコレートの欠片《かけら》がところ狭しと蠢《うごめ》いていた。うぞうぞと指に絡みつくように。私はその一欠片を親指と人差し指で摘《つま》み、熊の少女に示してみた。熊の少女はそれには全くの無反応だった。仕方なく、私は自分で、そのチョコレートを食べた。脳髄のスープと同じ味がした。生姜湯とチョコレートと私の脳髄は同じ味のようだ。触感と食感はまるで違うけれど、内実は同じということか。

買い物です。

熊の少女は同じ言葉を繰り返した。質問の答になっていない、非論理的も甚《はなは》だしい。利発そうな熊の少女らしくもない。ならば逆に、其処にはそれだけの事情があると見るべきなのかも知れぬ。買い物。しかしその単語からだけでは、何も導き出しようがない。ふと見れば、この電車ではない何かに乗っているのは、私と熊の少女だけではなかった。涼しそうな詰襟《つめえり》に身を包んだ前髪の長い子供が、膝《ひざ》を抱えて、私と熊の少女の前に、ちょこんと、俯《うつむ》き加減に座っていた。前髪の長さに加え俯き姿勢、顔も表情も、私の角度からでは窺《うかが》えない。しかしその姿は苦しんでいるようにも見えた。

心配だ。

しかし声を掛ける訳には行かぬ。

私は熊の少女と買い物に行かねばならないからだ。見ず知らずの子供に構って、順列を乱すと理が通らない。私は哀れに思う気持ちをぐっと堪《こら》える。

熊の少女を見ると、どうやら熊の少女は正面の、詰襟の子供に気付いてはいないようだった。見えていないのか、それとも、無いモノとしているのか。

次の駅で詰襟の子供はいなくなった。その次の駅だったかも知れない。それで私は、熊の少女が、何処へ行くのかという私の疑問にさえ、答えていないことに思い至った。買い物に行くという答はそれはそれで確かに答ではあったが、しかし、私は目的ではなく目的地を尋ねたのだ。熊の少女が私に対して答えるならば、只買い物ですと言うのではなく、何処其処に買い物ですと言うべきだった筈だ。何を買うのかという質問に沈黙を保ったのと同様、それにも何かの意味のようなモノ、理由といえるモノがあるのだろうか。無い訳がないが、だったらソレは何なのかといわれれば、全く想像もつかないというのが私の本音だ。

しかし理由の有る無しに拘わらずである。何を買うのかという問題は、それは熊の少女の都合である。本来的に私が関与しなくても良い話だ。良いどころか、関与することが悪いということさえ有り得る。だがしかしその問題が何処へ行くのかとなれば、私の帰宅時間に直接的に作用してくる重大事項だ。熊の少女、つまり客人が来ていたことを、最低でも十一番目の妹と十四番目の妹は知っている訳で、故に、私がその客人と共に出掛けたことくらいは容易に想像可能であろうが、それでも、何も告げずに私が姿をくらましたとなれば、妹達が心配しない筈もない。兄が妹の心配をするのは当然だが妹が兄を心配するのでは面目が立たぬ。此れからの生活にも支障を来たすであろうことは間違いない。下らぬ意地ではあるのだが打ち込めるモノのない臆病《おくびょう》な私はそう主張せずにはおられないのだ。それでなくとも五年前、妹の一人に結構な手間を掛けさせてしまったことは記憶に新しい。私はその辺りの事情も含め、もう一度熊の少女に、何処へ行くのだいと、なるだけ恫喝《どうかつ》的にならぬよう気をつけながら、己に出来る限り優しい声で訊いた。皆まで言わずとも頭文字だけで良いから教えて欲しい。

空を見上げる。相変わらず空は無い。見渡す限り何処にも無い。これこそ正に目差すとも知らぬ闇という奴だ。見えるモノ以外は何も見えぬ。

言葉《ことば》学園商店街です。

正直言って返答はそれ程期待していなかったのだが、熊の少女は、えらく間を空けてではあったモノの、そう答えてくれた。答えてくれたのは有難かったが、しかし、私はその、言葉学園商店街なるモノを全く知らなかったので、答えて貰ったところで、実状は何も変わらないらしかった。わざわざ訊いた意味も答えて貰った意味も無い。

何時の間にか、詰襟の子供が私と熊の少女の正面に戻ってきていた。前の駅ででも乗ったのだろうか。相変わらず俯いたままだ。しかしそうしているさまは、まるで私に言いたいことでもあるかのようだった。良く見ればその詰襟の子供は髪の毛の一本一本が地球儀で構成されているようで、それらが風に合わせて、かつて流行したアメリカンクラッカーさながらに、カチカチと鳴りあっていた。来る日も来る日もあの調子では、俯きたくもなるだろう。

無視するしかない。

私は目を閉じた。すると瞼《まぶた》の裏の血管が見えた。それは空が無い今だからこそ、綺麗な夕焼けのように、赤赤しく輝いていた。赤はこの世で最も気高く最も美しい色だ。そんなこと、今更私が口に出して言うまでもないことではあるが。

やがて熊の少女が降りましょうと言った。降りましょう。降りるといっても私と熊の少女が乗っている電車ではない何かは、まだ走り続けていた。周囲の風景が固形ではなくゲル状に見える程の速度だ。だから熊の少女が言うのは次の駅で降りるということだろうと思ったが、しかしと言うべきか矢張りと言うべきか、そういう意味ではなく、降りるは降りるだが、それは飛び降りるという意味だったらしい。

熊の少女は右側の膝を上手に駆使して身軽に跳躍する。機敏というより最早俊敏な動作で。あたかもそれは普段からそういう稽古《けいこ》を綿密に繰り返しているかのような奇妙さに欠けた自然さだった。

それを只見過ごす訳には行かず、私も遅ればせながら後に続く。高いのか低いのか、地面があるのか無いのか、そんなことすら定かではない状況での跳躍だった。しかし地面はあって、そしてその高さは大したことはなかったらしく、私は跳躍から直《す》ぐに着地した。辺りを見渡す。

熊の少女はすたすたと、先に見える道を歩んでいた。私はそれを追う。追って歩く。

じりりじりりじりりと、音がする。

頭の中。

これは目覚まし時計ではない。

十四番目の妹の携帯電話の着信音だ。

妹からの電話かも知れない。その確率はかなり高い。

頭の中なので、取りたくても取りようがない。

どうやら此処は、噂《うわさ》に名高い硝子《ガラス》の街のようだった。何もかもが硝子で出来ている。建物も小物も、愛玩《あいがん》動物も人間も。今歩いている、この道でさえもだ。

こちらです。

熊の少女は私に背を向けたままでとても淡白に言う。

この先をずっと進んだところで買い物です。

そういえば私は久しく買い物という行為を実施していない。五年間のブランクを差し引いてもだ。映画を見に行ったことは買い物の内には入らぬし、大抵の場合、私が動くまでもなく、妹達の内有能な誰かが、必要なモノの買出しは、私の気付かぬ内に、済ませてしまう。

ならば此処は熊の少女に付き合って、私も買い物としゃれ込もうかと思ったが、しかしそれは叶《かな》わぬ望みであることを、即座に私は悟る。

私は寝巻き姿だ。

財布など持っている訳もない。

見える範囲に銀行施設は一軒として見当たらない、何処かで金を下ろすという選択肢は本日に限っては有り得ない。真逆熊の少女に金を借りるという訳には行かぬだろう、たとえ返すつもりがあったとしても、子供から金を巻き上げるなど、真当な精神を持った人間の為す行為ではない。そんなことをすれば、私は一生、自分で自分のことを、軽蔑《けいべつ》し続けなければならぬだろう。

そんなのは御免だ。

愚かしいにも程がある。

じりじりじりじりじりと、音がする。今度は頭の中でではなく、足の下からだった。私の身体を震わせる音。どうやら、硝子の道に、罅《ひび》が入る音のようだ。本来成人の立ち入っていい場所ではありませんから、と熊の少女は言う。成程、単純に目方の問題らしい。

急ぎましょう。雲行きが怪しくなって参りました。

熊の少女は、無い空を見上げてそう言った。雲行きが怪しいということは、遠からぬ内に一雨来るということだろうか。さすれば、当然のことながら、その雨すらも、この場所では硝子である筈だ。大惨事になりかねない。熊の少女は熊だけに無事に済む、何の問題も無いのかもしれないが、私は硝子のシャワーに耐えうるだけの肉体を保持しておらぬ。たとえどんな小雨であったとしても、死に至ることは間違いない。凪ですら、一つ罷《まか》り間違えば、過酷な結果をもたらすだろう。被害というくらいでは言い足りない災害だ。

硝子以上の凶器は世界には無いのだ。硝子より鋭く硬い存在は只澄むばかりだし、そしてそんなことですら些事《さじ》だとばかりに、誰も彼もが硝子によって、己の立ち位置の、内と外とを決定し、内からは外を臨み、外からは内を覗く。あくまで外と内であり、他と中ではあり得ない。

それが主客転倒の真意の通じない行いであることを、半ば知った上で、臨みと覗きは行われる。

最近は。

熊の少女がぽつりと言った。

最近は面白い映画もめっきりなくなってしまいました。

映画がなくなった？

それは良いことだ、素晴らしいと、危うくそう言いそうになったが、既《すん》のところで私は自粛する。そもそも熊の少女とは、ニンギョウのタマシイという、あの映画を通じて、縁を得たようなモノである。それを殊更貶《ことさらおとし》めるようなことを口にすべきではない。映画自体は百花繚乱《ひゃっかりょうらん》といった有様ですけれど、どれもこれも似たような内容で、だったら最初から存在する意味なんてまるで無いのではないかというような感想を私は持つのです、と、熊の少女は言う。

この間鑑賞した映画など余りに低俗で見るに耐えませんでした。吐き捨てるように言う熊の少女。

低俗かい。

映画なんてモノは最初から最後まで映画であるというそれだけでもう低俗極まりないと決め込んでいる私にしてみれば、熊の少女のその評価は何を今更といった感想だったが、矢張りそうは言わない。少女相手だからこそ気遣いが大切だ。

タイトルは？

タイトルは、コドモは悪くないククロサ。

熊の少女は溜め息交じりに、とても憂鬱《ゆううつ》そうに、五年前はそんなことなかったのに、と、そう言った。月日の流れとは残酷なモノですね。それとも月日によって流れてしまうようなモノが、最初から貧弱だったと言うべきなのでしょうか。

熊の少女の言葉に、私は、五年程度の月日では何も移ろったりはしないよと、自身の考えを述べたが、しかしどうだろう、私の言うことが、熊の少女にどのように理解されたかは分からない。

分かる筈もないのだ。

硝子の街を抜けた。熊の少女は振り向いて、その街に向けて、今自分が通ってきた道の真ん中に向けて、いつの間にか手に持っていた、小さな小さな貝殻《かいがら》のような石ころを、ひゅんと、放り投げた。硝子の街は容易《たやす》く滅んだ。古そうな街だった、端《はな》っから、もう大分傷《いた》んでいたのだろう。子供の投げる石一個で滅びる街。否、何処の街も、案外根っこのところでは、そういうモノなのかもしれないが。しかしそうだったところで、人は街に住み続けるだろう。彼等の居場所は其処にしかないのだ。森に還るだけの肉体も知力も、今や人間は持ち合わせていない。言葉学園商店街に到着した。ついてみればあっけないモノである。あっけなさに空しくなるほどだ。

ぐねぐねと一本、大陸の蛇の如くうねった太い道を、両側からぎゅっときつめに挟み込むように、露店がずらり一覧、並んでいる。不自然なほどの均衡で、それらの露店は成り立っていた。見ていてこちらの心が揺れてくる。一軒、気まぐれに、顔を向けてみた。其処は緑色をした米粒を売っている店だった。健康には良さそうだ。しかし一粒四千円は如何にも高い。この商店街では局地的なインフレーションでも起きているのかも知れぬ。それだけの価値があるとも思えない。熊の少女は足を止めることなく先へ先へと進んでいた。入り口付近に並んでいるようなランクの低い店には熊の少女は興味が無いらしい。相変わらず、お高く止まっていることだ。私は慌てて、彼女の跡を追った。

なんでしたら、と熊の少女は言う。貴方も貴方で買い物に興じて貰って構わないのですよ。

私は否否《いやいや》と首を振った。

正直に、生憎《あいにく》今日は持ち合わせが無くて買い物に興じたくともそれは無理なのだ、と言うこともそれなりに真剣に考えたが、しかしそれでは実際問題、金を貸してくれと直截《ちょくせつ》的に言っているのに限りなく漸近《ぜんきん》した物言いになる恐れもあり、私は、あまり買い物は得意な方ではないのだよと、身にも心にも無いことを言った。それでは貴方は一体何をしに来たのですと熊の少女は不思議そうに首を傾《かし》げた。愛らしい仕草だった。私は愛想笑いで誤魔化《ごまか》した。悪魔に魂《たましい》を売ったら、幾ら儲かるのだろう。魂と引き換えに三つの願いを叶えてくれる悪魔も居るというが、魂の代価がたかだか三つの願いだとは、人間も安く見られたモノである。

いずれにせよ買い物など何処まで行っても水物だ。

元手が無くては如何にもならぬ。ならぬのが人の道理だ。

買い物が得意な方ではないと言ったのは、しかし考えてみれば、思いつきで言ったこととはいえ、商店街まで来ておきながら、財布を持っていない時点で、その通りであるといえるのかもしれない。自分で作った飯が冷めてしまった時のような気分だ。熱が引いていくさまに、寂《せき》寥《りょう》感が込み上げてくる。

真似せずにはいられない。

偽札で良ければ貸し出せますが。熊の少女は言った。偽札？　私は問い直す。それはどういったモチーフなのだろうか。偽札作りというのは案外的を射た犯罪なのですよと熊の少女は淡《たん》淡《たん》と説明した。足を静かに前へ前へと進めながら。説明は何処かで別の機会に致します。今は説明したくないということだろうか。それとも只の時間の問題か。どの道、偽札など貸して貰う訳にはいかない。どうやら熊の少女に、私の心中というモノは見透かされていたようで、それについては気恥ずかしい限りだが、それもまた良しとしよう。意地とは結局、突き詰めれば一人で張れば良いだけのモノであるのだから。

一度失ってしまえば二度と手に入らないモノといえば、貴方は一体どのようなモノを連想されますか。

熊の少女は驚く程唐突に私にそう訊いてきた。

私は即座に答えた。

喪失感。

夜眠り、朝目覚めたときの、喪失感だ。何とも言えぬ、あの喪失感。

そうですね。熊の少女は言う。でも失ったことを自覚している時点で、それは本来、失ってすらいないのですよ。完成形が無色の塗り絵です。

言い得て妙だった。本当に心からそれをなくしてしまえば、思い出すら心に残る道理がない。喪失感を失うという感覚、その重言は、言葉が重なっていなかったところで矛盾《むじゅん》なのだ。そもそも喪失を感じることなど、本来的に有り得ないのだから。喪失を感じないからこその喪失なのである。

言われてみるまで気付かなかった。ちっとも気付かなかった。

喪失は体験ではない。

ならば私は何も失ってなどいない。

無くしたモノはあっても、失ったモノはないのだ。

空が無いことと空が失われることは違う。

そういうことである。

それに喪失感ならば、と熊の少女は言った。この先に売っていますから、其処で買えば宜しいでしょう。喪失感を売っている？　私は思わず問い返した。

ええ。熊の少女は頷いた。

私は喪失感を買いに来たのです。

ようやく、熊の少女は、既にいつしたのかも忘れてしまったような、私の質問に答えてくれた。

喪失感を売っている？　私は同じ質問を繰り返す。間抜けの如く、一度ではなく、二度繰り返す。喪失感を売っている？

ええ。売っています。だから買います。私は買います。宜しければ貴方もお買いなさい。熊の少女は平然と言う。偽札で良ければ何時でも何処でも貸して差し上げますので、遠慮なく仰《おっしゃ》って下さい。

何でも金銭でやり取り出来てしまう世の中だと嘆くことを、此処では敢えてするまい。金銭で手に入るモノなど、所詮金銭以外でも手に入る。等価交換である以上その理屈になる。金で買える命など、その程度の価値しかない命で、金で救えぬ命にこそ金では買えない値打ちがあるのだ。値札は足首にこそ結ばれる。つまり私のそれに限らず、喪失感なんていうモノは、商店街で売られている程度のモノだったということらしい。ひと山幾ら、十把《じっぱ》一絡《ひとから》げのセール品。取り戻せぬどころではない、誰にだって買い戻せる。滑稽《こっけい》と言っても良い結論ではあるが、それが願わくばそしてあわよくばということならば、確かに仕方がない。偶然の一致だ。

道のどん詰まりで、熊の少女の動きは止まった。天高く聳《そび》え立つ黒い壁があるだけで、そんなところに露店は並んでいない。どうしたのだろう、喪失感を売っているというその店を、熊の少女は見逃してしまったのだろうか。通り過ぎて仕舞ったのだろうか。しかしその壁は偽物だった。書割《かきわり》だった。熊の少女がちろりとその黒い壁に舌を這わせれば、唾液《だえき》に含まれる成分の働きで、どろどろとコンクリートの粉のように溶けていった。そしてその先に、隠された店があった。姿を現した。壁が溶ける前まで、其処には何も無かったのではないかという程の唐突さだったが、それはまた逆の意味にも受け取れた。一枚の屋根も無い、風通しの爽やかな店だった。柱だけが煩いくらいに乱立している。

商品は本棚に並んでいた。

其処に並ぶそれらは脳髄だった。明らかに脳髄だ。着替えである。

まだそれは生命としての条件を兼ね備えているようで、ぴくぴくぴくと、表面の血管が蠢いている。まるで呼吸しているかの如く、時折飛んだり跳ねたり、曲も鳴らない動きを見せる。頭蓋骨の無い脳髄はこうも自由なのかと感心させられる程だった。

貴方の喪失感はどれでしょうね。これかしら、それともそれかしら。熊の少女は、冷やかすように、一個一個の脳髄を眺めながら、そう言った。私の喪失感。夜眠り朝目覚めた時の喪失感。分からない。どれが私のモノなのだろう。そして一体どれ程の値段がついているのだろう。私の、喪失感の値打ちはどれ程なのだろう。

しかし圧巻である。

店の奥の奥まで本棚はずらりと一覧並んでいて、そしてその全てに、ところ狭しと溢《あふ》れんばかりの脳髄が犇《ひしめ》いている。生きているか死んでいるかの違いだけで、それは何だか大学病院に展示される脳の標本さながらであった。ふと、私は、十四番目の妹が作った朝食、私の脳髄のスープを思い出した。ひょっとして、あれが私の喪失感だったのか。そのものだったのか。ならば此処で買うまでもない。買うまでもなく、私は私の喪失感を手に入れた。私の喪失感は私の下へと既に循環していたのだ。脳髄のスープを食したときの何とも言えぬ充実感は、喪失感を取り戻したときの充実感だった。妄想に近いかの仮定、かの思いは、一片たりとも妄想などではなかったのだ。

流石は私の十四番目の妹である。何という演出だろう。何という伏線の張り方だろう。用足りるかなり前に用足りている。晴天を褒《ほ》めるにはまず日没を待てとはよく言ったモノだが十四番目の妹に関してのみはその例外として、空の無い今日でも褒めて仕舞って良いだろう。私は私の喪失感を既に取り戻している。二度と戻らないと思っていた喪失感を。とすれば、もしもそれがこの店に有ったとき、そんなつもりは更更なかったとはいえ、熊の少女に偽札を借りる必然性はまるで手品のように消失したということか。

　では本来の、熊の少女の用件である。熊の少女は何時の間にか私の視界から消えていた。奥へ奥へ、奥へ奥へ奥へ奥へ、店の遥か遠方の、最果てとも言うべき見果てぬ奥地へと向かったらしい。或いはこのように、十把一絡げに本棚に並べられている程度の、質の低い喪失感には、熊の少女は興味が無いのかもしれない。熊の少女の喪失感とはそれだけの価値があるモノなのだろうか。否、値打ちの問題ではない、思い返してみれば、そもそも、熊の少女が、自分自身の喪失感を買いに来たのかどうか、私は知らない。普通に考えればそうなのだろうが、しかし、場合によっては他人の喪失感を必要とすることだってあるだろう。ひょっとしたら熊の少女は、誰かに頼まれて買いに来ているという線だってなくはないのだから。熊の少女のような若さで自分の喪失感を惜しいと思う感性があるとは思えないし、考えてみれば、その線は割と確率が高いかもしれない。そうでもない限り、私が此処までついて来なければならない理由など無いのだから。

　しかしそうではなかった。

　熊の少女は矢張り自身の喪失感を買いに来ていたのだった。

　私が追いついたとき、熊の少女は買い物を済ませたところだった。熊の少女の背後には、熊の少女の三倍以上はあろうかという、巨大な脳髄が、袋詰めにされていた。脳漿《のうしょう》が袋の隙間から溢れ出て、床をてらてらと濡らしていた。下手に歩けば滑ってしまいそうだ。見るからに値の張りそうな脳髄だ。偽札で買ったのだろうか、それとも真札で買ったのだろうか。熊の少女にそれ程の財産があるとはとても思えないのだが、しかしこれこそ、人を見かけで判断すべきでないという例なのかもしれない。答は凡《およ》そ分かった上で、それは誰の喪失感なんだいと私は熊の少女に問うた。すると熊の少女は、私の喪失感ですと言った。どっちつかずな風ではなく、あくまで至極《しごく》誇らしげに、雪で囲むようにして。では私はどうして此処に来たんだ。私がそう言うと熊の少女は荷物持ちですと簡潔に言った。そして私に、袋詰めにされた脳髄を、示したのだった。成程確かに、この巨大な脳髄は、熊の少女が運ぶには荷が重いだろう。腹筋不足である。熊の少女は少女であるが故に己の非力を大っぴらには出来まいから、此処まで伏せていたことにも、腕を離し手を打って、喉を鳴らして得心である。

　硝子の街が崩壊したので行きの道程帰りの道は大した距離ではない。帰りは電車もあるだろう。私は快諾し、熊の少女の脳髄を背に負った。ずっしりと食い込むような感じが丁度埴輪《はにわ》に似ていて、悪くない心持ちだった。熊の少女が生息する山にまで熊の少女の喪失感を運び、熊の少女が育てている子供を見せて貰い、序《つい》でに熊の少女の巨大な喪失感を一口だけ摘ませて貰って、私は家に帰った。帰る頃には空が天に戻っていたが、しかし流石に少しばかり私も疲労していたので、それを堪能する余裕は無かった。誰とも会わないままに階段を上り、寝室に移動する。十一番目の妹が干してくれた布団が、畳の上に頑強に敷かれていた。私は即座に横たわる。目を閉じるまでもなく、周囲は暗闇に四方から包まれた。

袋詰めにされたが如く。
対照的に、意識は空白へと落ちていく。
失ったモノは何であれ取り戻せる。
それを私が失った限り。

End mark.

ククロサに足りないニンギョウ

かねてより常々、世界の中心において或いは心の片隅において、強く抱きしめるように抱いていた疑問或いは疑念が、私の核の部分でしっかりと形あるモノとして凝縮《ぎょうしゅく》の末に結実したのは、偶偶《たまたま》届いた新聞の三面記事を目にしたことが切っ掛けだった。それは私と私の妹達が住む家よりそう遠くないしかし遥《はる》か彼方にあると言っても差し支えない程度の距離に位置する場所で起こった山火事を告げる記事だった。新聞の紙面の隅の方にひっそりと、赤い印字でそれは記されていた。赤い印字は訃報《ふほう》の文字である。山火事など、しかし私にしてみれば、本来的には何ら関わりの無い話なのだが、しかし、その山は、私の知る山だった。

そこは熊の少女が生息する山だったのだ。

私はつい最近、最早《もはや》明日とも今日これからと言っても良いほどのついこの間に、熊の少女の喪失感を一身に背負い、熊の少女を送って、件《くだん》のその山を、一度訪れている。上下左右全てが杉の木に満たされた素晴らしい山だった。とてもではないが値をつけられる景色ではない。深みが深みを生み、一寸先すら見通せぬ、そんな山だった。

その山が燃えたという。

炎上である。

放火らしい。

杉の木どころか何一つ、土くれ一塊《いっかい》残らぬ燃焼であったと、新聞の赤い文字は私に告げるのだった。恐ろしい話である。何でもかんでも取り敢えず火にくべようとする十一番目の妹などは如何様《いかよう》な感想を持つモノなのか分からぬが、私のような至極普通の一般人からしてみれば、物質が燃え尽きるという現象は本能としての根源的恐怖を全面から刺激するのである。山の痕跡すら残らなかったのだ、生命だって一個たりとも残ってはいまい。熊の少女の生存は絶望的であると思われた。

そう思った瞬間私は直感したのだ。

熊の少女。映画館へと向かう道中で出会い、その後も様様な縁のある、かの熊の少女こそ、私の二十四番目の妹であるのだと。

直感であるだけに理屈はない、それが家族愛というモノだ。理屈がないから否定材料などありえないし、家族を否定するモノなどありえてはならない。考えれば考えるだけ、この問題に関しては不実なのである。仕事で命をあたら捨てようという戦士の志を誰が知るであろう。画一的に区切られた高速道路を何処《どこ》までも走り続けることなど、論理の上でしか有り得ぬ幻想なのである。企画として最初から破綻《はたん》していると見るべきだ。

二十四番目の妹。

熊の少女。

私には総計二十三人の妹がいる。全員が据え置きであるわけでも全員が生え抜きであるわけでもない、その契機と根源はそれぞれである。まだ顔を見ぬ妹も、二十一番目の妹、二十二番目の妹、二十三番目の妹と、三人もいるくらいである。絶え間なく自殺を繰り返す妹もいれば、どこまでも限りなく頼れる妹もいる。全員差別なく、私の可愛い妹だ。その最後列最後尾に熊の少女を並べてみれば、成程まるで違和感が無い。誂《あつら》えたようによく似合う、その位置が綺麗《きれい》に嵌《はま》っている。つまり、疑問或いは疑念は、ここに至って綺麗に晴れたのである。

しかしそれは今現在という時系列に限定すれば、私の中でそう決定したというだけであり、考えるまでもなく、問題なのはここからだった。妹が一人増える、表札に連なる名が一つ増えるとなれば、現実的な義務がざっと思案するだけでも両手の指では足りなくなるくらいに生産される。否《いな》、それらを全て棚上げにするとしても、少なくともまずは、私はこの件を、一番目の妹、即ち我が家の長女に、報告しないわけにはいかないのである。何はともあれ、一番目の妹との面会を早急に実現させなければならない。

そうと決まれば新聞など暢気に眺めている場合ではない。私は新聞をくしゃくしゃに丸めて、全ての文字を押し潰すようにしてから、台所のスキンの中に流し込んだ。他の妹達の目に触れてもまずい、証拠はことごとく隠滅しておく必要がある。二十三人の妹の中には勘の鋭いモノも居れば勘の鈍いモノも居る。鈍い方に中《あた》れば良いが、鋭い方ならば、私と同じように、あの記事だけで、新たな妹の出現を予測しないとも限らない。そうなるとことが一筋縄ではいかなくなる。ストーリーはなるたけ簡潔にすめばその方がよいのだ、こと、今回のような場合となれば。一番目の妹が噛まなければならないような事態が生じてしまった時点で、私は既に失策を百は犯していると考えて丁度ぴったりくらいのモノなのである。過ぎたるは及ばざるが如しとは言え、それでも及ばないよりは過ぎている方が、後の対処の余裕が残る。余裕が残れば再出発再再生の余地もあるというモノだ。少なくとも操る言葉の上では、そう見える。錯覚こそ、人を最も生かす錯覚と知れ。生かさず殺さずが人生の基本なのだ。生きる上でも、そして死ぬまででも。

サテ、蛇口を捻《ひね》って温まったお湯を出すことによって証拠隠滅を完全に遂行したところで、一番目の妹に会いに行くという流れになるのだが、実際問題、そう簡単に運命は切り開かれない。一番目の妹に会うというのは私にとって、はっきりいって途方もない一大事業なのである。会う会いたい会わなくてはで会えるのならば、そんな楽な話はないのだ。一番目の妹に会うために浴びなければならない労苦を考えれば、映画でも見に行く方がよっぽど気乗りがするくらいとまで言い切って、まるで大袈裟《おおげさ》にならぬ。一番目の妹が長女である限りにおいて、これは絶対不変の決まりごとであるからして、私としてはその危機をどのように回避するかという一点にのみ、普段は知恵を絞ることになるのだが、そうは言ってはいられぬ状況なるモノが極極《ごくごく》稀《まれ》に存在し、そして二十四番目の妹なのかもしれない態の少女は、確実に、そうは言ってはいられぬ、そういった状況である以上、私はかの労苦を久方振りに浴びることになるわけだ。

気乗りはしない。

　しかし止むを得ない。

　生きているのならば本当に仕方がないことなんてこの世にはほぼ無い。私は自分に堅くそう言い聞かせ、裏口からこっそりと、誰にも見付からぬように家を出た。

　仮に一番目の妹の承諾を得ることが出来、熊の少女が私だけで無く誰もが認める二十四番目の妹となったとすれば、これはどうだろう、私にとって、どのような意味を持つニュースとなるのだろうか。取り敢えず道を適当に徒歩で進みながら、私は考える。考えるだけならば毒にも薬にもならぬのだ、浮気心に似たモノであったところで、許されぬほどのことではあるまい。熊の少女。そういう目で見れば、その愛らしさと、ともすればそれを殺しかねないほどの賢《さか》しさは、特筆すべきレヴェルである。あれほどの子供はそうそういないし、滅多に行き会うこともあるまい。二十三人の妹、その誰と何を較べても、ほとんど遜色《そんしょく》ない。凌駕《りょうが》する部分でさえ、幾つか数えられるくらいである。敢えて否定的な材料を挙げるとするならば、そう、熊の少女が、私とは違い、映画を好んで鑑賞する性癖を所持していることくらいか。しかしそれくらいは個人の趣味、個人の嗜好《しこう》の範疇《はんちゅう》だ。我慢すれば我慢出来る。そういったお互いの暗部に目を瞑《つむ》らず認め合うことが出来てこそ、初めて家族と言えるのだ。

　とは言え、この時点でそこまで考えるのは若干《じゃっかん》気が早いかもしれぬ。一番目の妹がこの件について何と言うか、どのような意見を所持しているのか、明瞭《めいりょう》には分からない以上、軽挙妄動は空想の中であれ、慎《つつし》むべきである。私はそう考え、思考をそこで一時的に停止させた。

ピアノの音が聞こえた。音がした方向を横目で窺《うかが》うが、しかしそこにはただ草叢《くさむら》があるだけだ。はっと気付いて、私は反対側へと視線を移す。思った通り、そちらにこそ、巨大と言って差し支えない大きさの、ピアノが設置されていた。アスファルトの上に堂々とあるその佇《たたず》まいは、不自然が過ぎて逆に真っ当にすら見えるようだった。ピアノの巨大さには些《いささ》か不似合いとも取れる、普通のサイズの椅子《いす》。椅子の上には誰も座っていないが、ピアノは音を奏《かな》で続ける。ぽろんぽろんぽろん。どうやら自動演奏のようである。羨ましい限りだ。私は興味をそそられて、そのピアノを回り込むように、鍵盤を覗いた。鍵盤は全て黒鍵で構成されている。黒鍵が順繰りに右から左、左から右、右を飛ばして左左左と、目まぐるしいばかりに、細やかにして滑らかな動きを私に対して披露する。ぽろんぽろんぽろん。ぽろんぽろんぽろん。ぽろんぽろん。ぽろん。しかし黒鍵共の動きに対して、響く音は酷《ひど》く暢気《のんき》で牧歌的であるように感じる。反対ならばともかく、鍵盤の動きに音がついて来れないなどということがあるのだろうか。自動演奏の速度が音速を越えでもしない限り、そうそう考えられない現象に思えなくも無い。しかしピアノという楽器は私の専門外だ。思いつきで適当なことを言うべきではないのかもしれない。立ち向かうべきでない疑問もまた、格好良く有り得るモノなのだ。

私はピアノから離れようとした。しかし、すんでのところで、それを思いとどまった。ぎりぎりのところで私は気付いたのだった。危ういところであった。しかしさすがに、一番目の妹と会うための鍵が、真逆《まさか》こんなところに隠されていようとは思わなかったのだ。気付いたからこそ、間抜けな笑い話に成り得るが、しかし実際的にはかなり切羽詰《せっぱつ》った状況ではなかったか。私は冷えた肝《きも》を暖めるように胸を撫《な》で下ろしながら、黒鍵のみで構成されたその鍵盤の、中枢に位置する一つの鍵を、そっと引き抜いた。

一目《いちもく》瞭然であった。見失うわけもないほど一目瞭然であった。ほとんど全ての黒鍵が順繰りに音を奏でる中、その鍵盤だけが、微動だにせず、まるで確固たる意思でもあるかのように、私に伝えたいことがあるかのように、止まり続けていたのだから。停止し続けていたのだから。引き抜いた黒鍵は、当然のことながら、鍵の形をしていた。黒い鍵である。これが、一番目の妹と出会うための鍵なのだ。観念的な意味でも、そして現実的な意味でも。この鍵が合う扉の向こうに、一番目の妹はいる。そこで私を待っている。

私はその黒鍵を矯《た》めつ眇《すが》めつし、値踏みするように、空の太陽に照らしながら、観察した。一見するところ、ただの変哲の無い、何処《どこ》にでもありそうな一山幾らの鍵に見えるが、しかし凝視《ぎょうし》すればするほどに、それは今まで私が見たこともない種類の鍵であることが知れてきた。かなりマニアックな造形である。少なくともこれは、私が知るどの扉の鍵とも違う。私がこれまでの人生で開けてきた数多くの扉、その全ての鍵穴に、相応《ふさわ》しくない。観察すればするほどに、その結論は確信へと近付いていった。既に教育なんて必要もないほどに。

大変なことになってしまった。驚愕《きょうがく》よりも恐怖に身が震える。私はこれまで開けたこともない扉を、探さなくてはならない。一番目の妹と新しい妹の話をしなくてはならないのだ、型通りのマニュアルでは進めまいとは思っていた、そんなことは分かりきっていた筈《はず》なのに、しかしだからといって、ここまでの無理難題が我が身に降りかかってくるとは計算外であった。私らしくもない。勿論《もちろん》、だからといって、ここで引き下がる選択肢など私の前には現れない。現れたところで、単純に無視するだけである。この程度の艱難辛苦《かんなんしんく》で音を上げる私ではない。勇気ある撤退など言われても、それは私にとっては褒《ほ》め言葉ではない。それは非常に空気を読めぬ軽薄な発言である。

人の気持ちが分かる人間であれと、私はそう教わって、子供から大人へと成長した。子供から大人へと成ることを、成長と呼ぶと仮定したらばの話ではあるが、その結果私は、人の気持ちが分かる人間になれたとは思えない。教わったことを教わった通りにやるだけでは、叶《かな》わぬ望みだったのだ。人の気持ちを理解するというのは、単純に人に優しくすればいいということではないし、反対に人に厳しくすればいいということでもない。よしんば、人の気持ちが分かったところで、それを一体どうしろと、私にそれを教えたモノは、考えていたのだろうか。人の気持ち、人の考え、それに対してどう応ずるかとなると、これは全く種類の違う別次元の問題である。この場合の人とは他人を指す。家族を指すことはない、あくまでも家族は例外、別枠扱いである。

とにかく黒鍵だ。黒鍵である。私はこの鍵に見覚えが無いし、どう記憶を探ったところで、この鍵が合いそうな扉にも、見覚えが無い。ならば私はここではない何処かへと旅立たねばならぬのだろう。となると徒歩では若干厳しい道程だ。移動手段を講じねばならない。一番相応しいのは電車だろうが、生憎《あいにく》この辺りには駅らしい駅は無い。以前熊の少女と共に利用した駅も無人駅で、電車は走っていなかった。その先に向けて跳ねたところで、さして因果に報い得るとは思えない。船に刻みを入れるようなモノである。そんなモノは上等だ。

電車が駄目となると、次の候補として思いつくのは、これはもう誰であっても、多分バスであろうことは間違いがないが、私は平生よりバスを利用する種類の日常生活を送っていない。勝手が分からぬ。しかし、そうは言っても、ピアノの更に向こう側に設置されている小屋が、バスの待合場、停留所であることくらいは知識の引用で分かった。虹色で彩られたバスの停留所。近付いても危険はないだろうか。近付くだけならば問題がないようにも思えるが、そうは言っても、バス停に近付くことはニアリーイコールで、バスを待つ行為のその始めである。そこまでしておきながら矢張り手段としてのバスに乗り込むことを拒否すること、これは不義であり不実であることは疑いようも無い。数年来の約束を反故《ほご》にするようなモノだ。決意は今この場で下す必要がある。

私は決断した。

バスに乗ろう。

考えてみれば生まれて初めての二十四番目の妹なのだ、そこで図ったように生まれて初めてのバス乗車など、風刺が効いていて実に見事な計らいではないか。一番目の妹らしいと言えばらしい計略である。もっとも、何処までが偶然で何処までが必然かなど、それこそ一番目の妹の心臓でも取り出さぬ限り、誰にも知れぬ明瞭な謎ではあるのだが、しかしそれを四隅まで理解した上で、私は只只《ただただ》、一番目の妹の心意気に感服する。なんだかんだ言っても、一番目の妹だけは、他の二十二人の妹達とは決定的に違う。あれはもう、存在している世界が違うとでも言う他ないのだろう。願って叶うような単純さではない。生まれながらにしてありとあらゆる全てを超越している。一体何が待っていれば、人間があの位置にまで登り詰められるというのだろう。小ささや大きさだけでは、とても語りつくせぬ荒唐無稽《こうとうむけい》な絵図である。

停留所の壁には鍵穴があった。もしやと思って黒鍵を差し込んでみたが、型が違うようで、入りはしたものの、すかすかであった。落胆するほどではない、私は能天気な楽観主義者とは違う。折り畳みの如きご都合主義など妄想としても持ち合わせが無いのだ。この先、鍵穴を見つける度に、私はこの黒鍵を差し込まねばならない。それを思えばこの程度で落胆など、どんなにしたくたって出来ないのである。

それよりも大事なのは財布である。私はこの間、熊の少女と共に、言葉学園商店街へ向かったとき、財布を忘れて出掛けている。思い起こしてみれば熊の少女と出会った最初、十七番目の妹が自殺し、映画を見なくてはならなくなったあのときにも、私は財布を忘れている。またぞろ今回もと、私は慌《あわ》てて懐《ふところ》へと右手を突っ込んだが、しかし二度あることは三度は無い、財布は内ポケットの中に、ちゃんとあった。

ほっとした。

否、ほっとするにはまだ早い、財布が空ということも有り得る。二重構え、三重構えありそうな話だ。雨降りの日に持った傘の骨が、いつだって無事というわけではないのだ。私はそれでも、真逆そんなことはあるまいとおっかなびっくりながら、財布の中身を確認した。大金とは言わぬまでも、大の大人が一日行動するにおいて、不都合が生じるとは思えぬくらいの額が、そこには並んでいた。一安心である。元来私は粗忽者《そこつもの》ではない。用心深い、神経質な部類に入ると自覚している。しかしそれがゆえに、財布を忘れるだの何だの、そのような日常のケアレスミスに酷く弱いのである。それは窮地《きゅうち》に弱いだけだよと、十四番目の妹辺りは言うのだろうが、確かにそのような側面も否定できない。

誤解など無いのだ。

世界に誤解などない。

誤解されると言うことは、最初からそのような側面を、何処かに許しているということである。誤解を避けよう、李下《りか》に冠を正さず、そんな言葉は道理を分かっているモノからすれば嘲笑《ちょうしょう》に値する。理屈と膏薬《こうやく》は何処にでもつく、ならばその逆もまた真なのだ。清廉潔白、詮ずるところ只管《ひたすら》に清く正しく美しくさえあれば、李下であろうと瓜田であろうと、座標も時空も無干渉である。人の目を意識し過ぎることは、命題としては人の気持ちを理解することとは相反する。折り合いを何処でつけるか次第なのだ。

ぼやぼやしている暇《ひま》は無い。数分待つだけでやってきたバスに、私は乗り込んだ。生まれて初めてのバスは、所詮只のバスであった。予想通りの内装、何も面白いことは無い。多少風変わりな点といえば、ハンドルを握る運転手が、兎《うさぎ》の風体であることくらいである。これが彼が首から時計を提げていたならばこちらも少しは愉快な心持ちにもなろうというモノだが、そのような物語的な事実は無かった。私は運転手のすぐ後ろの、一人掛けの席に腰掛けた。車の大小を問わず、この位置の席が一番酔わぬと聞く。私はあまり三半規管の丈夫な人間ではない。

客は私の他、一人も乗って来ない。

そしてバスの中には、運転手の他には誰もいなかった。バスはそのまま扉を閉じることなく、発進した。

次に停まる停留所の名を、運転手の兎が大声を張り上げて連呼した。マイクロフォンやスピーカーなどの、放送のシステムは無いようだ。

知らない停留所名だった。

ならばそこで降りるとしよう。

論理学的には何処で降りたところで、例の黒鍵に合う鍵穴がある可能性は同一である。可能性は無限に広く公平に分散しているのだ。ならば出来る限り近場で済ませたいというのが私の望みであった。一番目の妹と会ってそれで終わりなのではない、その後私は熊の少女本人とも会わねばならないのだから。今日という時間が有限である以上、行く道の数は限られているのだ。

もっとも、それは次の停留所が近場であると仮定したならばという話でもある。次の駅だからと言ってその次の駅よりも我が家に近いとは決まっていない。複雑な事情が絡《から》みかねないエリアである。運転手の兎に、その辺り訊いてみるのが手っ取り早いのだろうが、しかし諺《ことわざ》に曰く、兎も七日嬲《なぶ》れば嚙み付くらしい。絶妙な技術が必要とされるバスの運転中である兎に話し掛けるのはそれ相応のリスクがあるだろう。ならば不要にリスクを冒すことはあるまい。過酷な旅路は端《はな》っから覚悟の上である、賭けにでるとしよう。

私は乗車する際に受け取った整理券をじっと見つめた。18172と、その小さな紙片には数字が刻まれている。先程の停留所の名前だろうか。単に当て振られた番号だろうか。わからない。恐らくこの先も、誰かに問いでもしない限り、判明することはないのだろう。

知らないままに終わることが、私には多過ぎる。重要なのはたとえそれらを知らないままに命を終えたとしても、まるで私に不都合が生じないということであろう。シェイカーでかき混ぜられた氷の舞台もさながらだ。誰もがバーテンであれるなら、それに越した話は無かったのだろうが。

杞憂は当たらず、三十分もしない内に、私の乗ったそのバスは、次の停留所へと到着した。丁度いいくらいの距離である。幸先が良い。私はこれといって縁起を担ぐ主義ではないが、スムーズに物事が進むのは単純に有難い。

規定の料金を、規定の方法で料金箱に投入し、私はバスを降りる。

思っていたより高かった。私はバスを軽く見ていたのかもしれない。

どうやら此処《ここ》はオフィス街であるようで、高いビルディングが筍《たけのこ》のように乱立している。ビルディングとビルディングの狭間《はざま》で圧殺されてしまいそうな密度である。その密度の中を空気が想定外の速度で流れて、強風を作り出す。確かに知らぬ土地、まだ見ぬ土地であるという意味では私の思惑はこれ以上なくあたった形になるが、しかし私のような平凡人からしてみるとこの光景には少し腰が引けてしまうのも事実である。熊の少女と共に歩いた硝子《ガラス》の街が懐かしく思い出されるのを、私は己《おのれ》自身に禁じ得なかった。首の部分に安全バーがかかっているような、そんな身動きの不自由さを、どうしようもなく感じる。溺れ死ぬ間際の心境だ。

矢張《やは》り一筋縄ではいかぬ。

流石《さすが》は私の一番目の妹だ。逆に私はこの不自由さを誇らかにすら思う。

何度も足を滑らしそうになりながら、私は停留所を離れ、歩みを進める。全身が足の裏になったイメージで、空を飛べない鳩《はと》のようにびくびくと歩く。鍵穴は何処だろう。何処にあるかは分からぬが、巡り合わせ次第では、この街にこそあるはずだ。必然性を持って、ここになければならぬ。疑わしい言葉の入る空白の枡《ます》は不在である。

だが、私は数時間と、このオフィス街を彷徨《さまよ》う内に、恐るべき事実に気付いた。この街には、鍵穴どころではない、あらゆる意味において、穴がないのだ。全ての造形が、一ミリの隙間《すきま》もなくぴったりと詰まっている。閉まっている扉は最初から開くようには設計されていないし、出入り口は開かれっぱなしなのだ。出入りは人間が直接管理しているようだった。

なんということだろう。私は間違えてしまったのかもしれない。これでは黒鍵の使いようがないではないか。ならば次の停留所まで、私はあのバスに乗り続けるべきだったのだろうか。

私は半ばそんな風に焦燥《しょうそう》にかられながらも、否否《いやいや》、そんなわけがないと、気を引き締めて、周囲を見極めようと立ち止まる。少しでも油断すれば強風に吹き飛ばされそうになるこんな環境の中、自分に出来る限りのことをしようと思う。

熊の少女のために。

二十四番目の妹のために。

結局周囲に如何に意識を遣ったところで、何も摑《つか》めそうもないので、私は闇雲に行動を起すことにした。何はともあれ、穴を探す必要がある。過程は問題ではない。いざとなれば移植鏝《ごて》でアスファルトを掘ってでも、穴を創造しなくてはならない。しかし私は移植鏝など持ってきてはいないし、オフィス街でそれを手に入れることは不可能に近いだろう。ならば手で地面をえぐるか？　そんな前衛的な真似《まね》をして一体何になるというのだろう。私の爪は人間の爪である。アスファルトを引っかいたところで傷一つつけられやしない。内緒話に聞き耳を立てても肝心な声は届かないのだ。

手っ取り早い手段としては道行く誰かに訊くのが良いだろう。そんなことは言われるまでもなく私にだって分かっている。しかし先程から、どころか、停留所でバスを降りてから、人っ子一人犬っころ一匹、私の視界には入ってこないのである。このオフィス街には植物すらも存在しない。これでは私が最後に見た生命体は兎の運転手ということになってしまう。ぞっとしないが、しかしそれが厳然たる事実だ。

無論昼間のオフィス街に人がいないなんてことはないだろう。この街に住む人人は乱立するビルディングの中にぎゅうぎゅうに詰め込まれているのだ。自分の意思で詰めているのではない、詰め込まれているのである。もしも壁を透過してモノを見る能力者がこれらのビルディングを見上げれば、恐らくピーマンの肉詰めを嫌でも連想することになるのだろう。

いっそその方が良かったか。見えぬモノは見えぬとは言え、精神が弱っているときには、或いはそれもまた適した環境であるのかもしれない。積善《せきぜん》の家には必ず余慶《よけい》ありという格言も、どうやらこの街に限っては然程《さほど》当てにはならぬようだ。

穴が無い。

何処にも無い。

意気込んでいた私の心も、時の経過につれ、徐徐に絶望の念に蝕まれていった。ゆっくりとゆっくりと、とにかく緩慢《かんまん》に、呪いの鎖にがんじがらめにされていくようだ。仕組まれている。太陽が地軸と同じ角度に沈んでいくのを見、私は深く溜息をつく。矢張りこの駅で降りたのは失敗だった。この街には鍵穴など一つも無いのだ。横着をせず手間を惜しまず、せめて次の停留所までバスを降りるべきではなかったのだ。

あの兎の運転手に謀《はか》られたのだ。

一般常識を持つ社会人であれば、教えてくれても良さそうなモノである。私は棒のように感覚の無くなった脚で支えきれなくなった自分の身体を、倒れ込むように、近くのビルディングの壁へとへばりつかせた。

それは全てが硝子で構成されたビルディングだった。硝子の街が思い出されるが、しかしあの街の硝子とは違い、そのビルディングを構成しているのは、まるで透明ではなく、黒色の硝子だった。屈折率。私の如く屈折している。その有様には恐怖すら覚えるほどである。

黒い硝子に私の顔が映っていた。塗炭《とたん》の苦しみもかくやという表情であった。積み重なった疲労は決して今日この日のモノだけではあるまい。これまでの人生全てを総合してのこの表情だ。送ってきた人生に、本当の意味での後悔はない。やり直したところで同じことを繰り返すだろう選択肢ばかりである。何度同じ状況に陥《おちい》ったところで、私はあのバスに乗り、このオフィス街の停留所で降りたのに決まっているのだ。あらかじめ定められた運命のように。フェイタルな失敗など一つもなくとも乱れていく。それこそ理屈などない直感で、自分の表情の作り方を見ればそれは分かる。二十三人の妹が幾ら私を癒してくれようとも、これぱかりは如何《いかん》ともし難い部品なのである。

だがしかし、私はそこで、はたと思い至った。

そう、私は穴を見つけたのだ。

鍵穴を発見したのである。

その、私の表情の中に。

表情の中に、と言えば、それではまるで私の顔面に穴が開いているような物言いになるが、この場合はその意味で正しい。以前、もう五年以上も前の話になるが、私の右眼は腐り落ちてしまっている。以来私の右眼窩《がんか》には本物と寸分違わぬ働きをする義眼が、ピーマンの肉詰め、ビルディングの人詰めよろしく詰められて、今やかつての自分のモノと同等以上の視力を私に齎《もたら》してくれているが、義眼であるがゆえに、取り外しはあらゆる意味で自由なのである。自由、おお、なんと高潔な響きであろうか。只の平凡な、日常会話でよく使う、こんな普通の二字熟語が、スポットライトの当て方一つでここまで見事な輝きを持とうとは。私は急いで、焦る手つきで、己の表情から右眼球を取り出した。

月日を経て、円から楕円へと変形していたその義眼を、取り敢えず財布があったのと同じ上着の内ポケットへと仕舞う。そして今一度、黒い硝子に己の顔を映して見た。それだけで既に私は確信を持ったが、念のためということもある、黒鍵を取り出し、黒い硝子の中の右眼窩と、黒鍵の形とを、隅隅まであますところなく、見比べてみる。

見れば見るほど、同じであった。

全く同じであった。

試してみるまでもないだろう。ここまで一致が予想されるモノをいちいち試すなど、試したら試した分だけ、己の無知無力ぶりを世間様に露呈するだけである。

これが伏線と言うモノか。これが運命というモノか。私の右眼が腐り落ちたあのときに、既に熊の少女は、私の二十四番目の妹となることが、運命付けられていたのだ。感動すら覚える、取り計らいだった。むしろ私はあの時点で、熊の少女が私の二十四番目の妹であることに気付いていても、よかったくらいなのである。

遅過ぎたくらいだ。

それでも遅きに失したわけではないのが、数少ない救いである。

そうともなれば、愈愈《いよいよ》時間も足りぬ。夕日が沈むのを只指を咥《くわ》えて見守っていなければならないという法は無い。私は私のやるべきことをやらねばならぬ。最早黒い硝子に己の姿を投影するまでも無く、私は黒鍵を、私の右眼窩へと差し込んだ。がちゃり、と、歯車同士が噛み合ったような、そんな心地良い音が、私の体内で響き渡った。指先から指先まで。脳髄の端から端に至るまで。綺麗に響き渡った。

途端に世界が開けた。

がらりと音を立てて。

これは定番の常套句ではない、文字通り、世界が右と左に、がばぁっと開いたのだ。ひょっとすれば開いたのは私の脳髄そのものなのかもしれぬ。しかしどちらにしても同じことだった。何故なら、既にもう、そこに私の一番目の妹がいたからだ。

相も変わらずアバウトな存在である。いやしくも形の定められた生物である以上、アバウトにもほどがあるだろうに。普通に量子力学を持ち出せば許されるのにも限度があるのだ。

何処にいても不自然でない代わりに、会うことに酷く苦労する。これほどまでに接触の難しい兄と妹など、他にあるのだろうか。二十一番目、二十二番目、二十三番目の妹に会う方が、まだしも簡略の手続きで済むと思えるほどだ。

場所は何時の間にか我が家だった。

開かれた世界が早くも閉じたのだ。

或いは我が家ではないのかもしれない。それは受戒山《じゅかい》の谷間であったかもしれないし、登校風景の中の見上げた電線の内側であったかもしれないし、光も届かぬ海の底で水圧に押し潰され平べったくなった魚の一枚の鱗であったかもしれない。公園のようでもあり噴水のようでもあった。また階段であったかもしれない。

何処であるかなど些事《さじ》である。

私は一番目の妹と向かい合っていた。一番目の妹は私に背中を向けているのかもしれなかったが、それすら、この状況においては些事以外の何でも無い。久し振りじゃのうと一番目の妹は言った。私はそれに久し振りですと応じた。

一番目の妹は老婆である。一番目の妹は生まれたときから既に老婆であった。一番目の妹から九番目の妹までの九人の妹、即ち一番目の妹、二番目の妹、三番目の妹、四番目の妹、五番目の妹、六番目の妹、七番目の妹、八番目の妹、九番目の妹は、其其《それぞれ》に固有の特性を有している。それが故にこの九人に関しては私は兄の責務としての心労を負うことが少ないのだが、しかしそれにしたって、一番目の妹は、そこにおいてさえも特例扱いである。

恒常して何かを待っているような老人なのだ。

儂《わし》に何か用かのう兄上と一番目の妹は言った。無論一番目の妹は私の用件などとっくにご存じだろう。それなのにそんな問いを投げ掛けてくるということは、私に質問に答えろと命令しているのに等しい。

私は命令に従う。

私は二十四番目の妹を発見したかもしれません。

すると一番目の妹は高らかに笑った。失笑のような笑い方である。想定していたパターンの一つではあったが、それにしても笑い過ぎである。そしてぴたりと笑い声が止む。

全てが止む。

しかし二十四番目の妹のう。儂には少し違うように思えるがのう。やんわりと、しかしそれでいて強く言い含めるように主張する、一番目の妹の荘厳なる呟《つぶや》きだった。違う。違うと、一番目の妹は、そう言ったのだ。だからと言ってここでハイそうですかと引き下がるわけにはいかぬ。私は私の確信を持っている。確かに信じると書いて、確信である。信じたモノをそうそう疑い放棄するようでは、それでは最初から兄としての存在であるとは言えぬ。資格がない。

平坦なる道行きで空を行く鳥ばかりではない。風の吹くままに雲が流れると思えば大間違いである。雲がこそ風の流れを支配する本質を忘れてはならぬ。見える眼とは、本質を見据える眼のことだけを言うのだ。義眼であろうがそうでなかろうが、これは真理なのである。

私は熊の少女とのこれまでの経緯を、一番目の妹に訥訥《とつとつ》と説明した。熊の少女と私との触れ合いを語った。十七番目の妹の四度目の死から始まる、熊の少女と私との物語を。一番目の妹はそれを黙って聞いていた。否、聞いていたのかどうかは本当のところは分からぬ。眠っていたのかもしれない。しかし口を挟むようなことだけはしなかった。私の主張に横槍を入れるような真似だけはしなかった。

出来た妹である。

だからこそ、二十四番目の妹のことを、認めて欲しかった。これは家族の問題なのである。何も知らぬ愚かなモノに言わせれば、それはうんざりするような薄着の泥仕合であるのかもしれない。いいだろう、言いたいモノには言わせておき、笑いたいモノには笑わせておけばよい。それは緑の純文学の下らなさである。大器小用という言葉がある。昔からある言葉だ。優れた人物に幼稚な仕事ばかりを与えることを、そういうらしい。察すればここでこうしてこれまで私が二十三人の妹の兄であったことは、過ぎた役割であったのかもしれないし、妹達からすれば私は誇れない兄であったのかもしれない。しかしそれにしたって、後悔なんてないし、これからも続けることなのである。単純なルールだ。理解に至るまでもない。

ところでここは何処だろう。

それはとても大切なことだったかもしれない。

些事ではなかったかもしれない。大切なことだったかもしれない。私は大切なことを忘れてしまっているのかもしれない。

時間をたっぷりとかけて、私が全てを語り終えた後、一番目の妹は、成程のうと、酷く感慨深そうな、正確な表現をすれば優しさに満ちた、頷《うなず》きを私に返してきた。兄上の話はよく分かったがのう。しかし、それに続けて出てきたのは、とても否定的な色合いの言葉であった。

それでも儂は疑問じゃのう。

疑問とはどういうことですか。これほど明白な証拠があるというのに。

証拠ではなくそれは印象じゃからのうと、一番目の妹はゆるゆると首を振る。見るモノの苛立ちを誘発するようなのっそりとした動作であった。一番目の妹は故意にそうしている風があるので、尚更である。

どの道それは儂や兄上の決めることではないと思うのう。一番目の妹はぶつぶつと何事かを呟き続け、やがて、そう言った。所詮それはその娘次第じゃからのう。

判断を彼女自身に委《ゆだ》ねるという意味ですか。私は問うた。一番目の妹はそれに対して、そういうことになるのかのうと、曖昧《あいまい》にではあったが、頷いた。

成し遂げた、と私は胸中で快哉を叫んだ。最上級の理想形といえるところまでは至らぬが、とにかく私は一番目の妹の言質を取った。これでほとんど、熊の少女が私の二十四番目の妹たることが確定されたようなモノなのである。細かいことを言えば、他の二十二人の妹の意見も収集せねばならないのだが、そちらについては事後承諾で十分なのである。これまでそうやってきたし、また二十二人の妹達もそれを望んでいる。矯めるほどに溜まる人身の情だ。

自然鼓動が高鳴る。

冷静ではいられない。

しかしのう、と、一番目の妹が言った。生息する山が焼失したとあっては、その娘に会うのも簡単ではなさそうじゃのう。

そうなのである。棲んでいる山が放火によって炎上してしまったのだ、熊の少女自身もまた、焼けてしまったと考えるのが自然というものだ。不完全燃焼か完全燃焼かなど、どちらでも変わらぬ。となると、その焼け跡にいけば熊の少女と会うことが出来るかと言えば、それは難しい。天文学的な確率になってしまうだろう。

しかしこの程度で私は東西を失うほどに冷静さを欠いてはいない。赤の他人ならばここで行き詰まりであろうが、私と熊の少女は、今や大方の家族なのである。手は幾らでもある。

私は一番目の妹にそれでは失礼しますと別れを告げ、取り急ぎ、その地点から一番近い位置にあった書店へと向かった。本を買うのではない。私は新聞を買うのだ。日付はいつのモノでも構わない、古くても新しくても、そこは等価だ。要するに、この世界における映画の上映情報が載っていれば、それで用足りるのである。

映画館。

そう、私は映画館を探す。

選ぶ基準など、ゆえにないに等しいわけだが、しかし私は本能的に、件の山火事の記事が掲載されていない新聞を購入することにした。これまで私が映画を見た回数は四回。その全てが十七番目の妹が死んだときのことである。

だから、私は初めて十七番目の妹以外のモノのために、映画を鑑賞することになるのだった。

その事実について、思うところは無いでもない。

誰一人正しい姿を把握《はあく》していない、皆が一人一人違う姿を認識している同日の論も最先端にあるような、それでいて千載一遇といってもいいようなこの瞬間に、一体誰が私のことを管理しているというのだろう。これといった被害を受けたわけでもないのに、己が身がとても悲しき宿命の下に縛られているような罪悪感がある。それは妄想である。根拠なき妄想である。私の二の腕に着陸すべき距離などありはしないのだ。最後に笑うモノが最もよく笑い、最後に泣くモノが最も酷く泣く。ならば最初に笑い最初に泣いた彼等彼女等の弾む精神を、私達はどう評価すべきなのだろう。

贅沢《ぜいたく》な悩みである。

時期が時期な所為《せい》なのか、現在公開されている映画の数は、それほど沢山ではないようだった。私が映画に関してはずぶの素人であるので、見逃している情報も決して少なくないのだろうが、それを含めて考えても、この数は少な過ぎるように思える。これもまた私に対する試練なのだろうか。しかし逆に、最初から更に選択肢が少なくなって、幸いであると受け取る手もある。以前、熊の少女と共に鑑賞した、ニンギョウのタマシイという映画を、上映していたあの映画館に、もう一度行くというわけにはいかない。第一に私はあの映画館の場所を、五年間の睡眠の末に忘却してしまったし、そして第二に、同じ柳の下に二匹目の泥鰌《どじょう》を求めることは阿呆の行いだからである。同じ行為を続けて同じモノを恒久的に得られるのならば、進化などという概念が生じることはそもそも無かった。そういうことである。

決断の時刻だ。

私は右から三番目の映画館に向かうことにした。根拠はない。ただ単に、公開している映画のタイトルが気に入っただけである。それが全てだ。熊の少女はきっとそこにいる。そこで私を待っている。熊の少女は心待ちにしているのだ。

私は動いた。

映画館へ向けて。

五度目の映画を見るために。

あまりにも根幹的な問題なので、実のところ深く考えたことのあるモノは歴史上ほとんど皆無な疑いかもしれないが、しかし振り向いてみれば驚愕すべき粗筋であり梗概だが、兄にとって妹とは、何なのだろう。妹が一人増えるたび二人増えるたび、私はそれを、考えてしまう。考えることが既に戒めを破っているような気のする、向きの悪い巻物だが、気の所為で済ませてよいステージとは明白に差異がある。

仲の悪い兄と妹もいる。どころか、憎みあってさえいる兄と妹もいる。聞けば、殺し合いを演じる兄と妹すらいるという。幸いにして、当然ではあるが、私の二十三人の妹の中には、そんな妹はいない。素行の悪いモノもいれば人格の逸脱しているモノもいる、しかしそれでも私との間に憎悪だけはない。閉じこもることなど仕方がないのだ。鍵穴に鍵を差し込むだけで解決する心地良さだって多数存在するのである。

成算がそれほどあるわけでもない。

直後が直後である内に、起こさねばならぬ大志ではない。それは名も無き戯言《ざれごと》繰りの役割である。飛行場の滑走路が、加速するためだけにあるという思い込みは即刻排除しなくてはならない。疲れたなどと言い訳にはならぬ。守るべきモノを守れずに仕事を主張する人間は謗《そし》られなければ通らぬ血統がある。後始末が上手なことを褒めてはならないのである。それはそれまでに失敗を犯したモノの功績なのだから。

許せばそれで全てがよいというモノではない。

それは許す側の釈明である。手前勝手な理想を胸に悪役を回避することを心配するばかりでは選り好みも甚《はなは》だしい。マニュアル通りの遣り取りではいずれ周囲を丸ごと巻き込んで破滅する。我儘《わがまま》が理を通すこともあれば水がぬるむこともある。有難いという言葉は統計的に有り難いという意味が大きく占めているのかもしれない。

備蓄されている思い遣りにも限りがあるモノだ。休み休みであれば馬鹿を言ってよいというのではない。一体何があったのかは不明だが、えらく罅《ひび》割《わ》れ、アスファルトの下に土が見えている道路を、私は歩く。映画館に向けて。この道路の有様ではバスに乗るわけにもいくまい。最初から徒歩で十分の距離だ。それよりも私はアスファルトの下には土壌が存在するのだという、普段思いもしない現実を知らされ、夜討ち朝駆けを受けたような気持ちになっていた。当たり前だが、都会化をどれほど繰り返したところで、ちょっと薄皮一枚剝《は》がしてしまえば地球そのものが露呈する。有り触れた言い草になってしまうが、私達人間とは何とちっぽけな存在なのだろう。誰がどういう風に見ても、見透かされてしまうような浅墓《あさはか》さである。

それこそが情緒なのだと言われれば、それはそうなのかもしれないけれど、しかしそれでは無理があるとの、一抹の不安は何処かにある。

無駄が悪いばかりではない。そんなことを言ってばかりいれば事故に遭う。それを回避することが、歩くモノの義務である。この辺りの事情についてはいずれ深く掘り下げたいところではあるが、今はそれに割くべき余裕はない。

　私は映画館に辿《たど》り着《つ》いた。

　トラブルというほどのトラブルも無く、辿り着くことが出来た。既に災厄の原因も出尽くしたのか、順風満帆とはこのことだ。あたかもこれからの行く先を暗示しているかのようである。難を言えば、その映画館は私が目的としていた映画館とは別の映画館であったことだが、しかしその程度なら我慢の利く細やかな違いである。タイトルの気に入ったあの映画は、次に十七番目の妹が死んだときにでも見ることにしよう。

　どの道私には映画の互い違いな良し悪しなど理解出来ないのだ、今回はこの映画館で上映しているフィルムで構うまい。

　タイトルは、ククロサに足りないニンギョウ。

　私は館内へと入った。

　チケットの売り子もいなければ捥《も》ぎりもいない、無人の映画館であった。この前の無人駅よりもよっぽど人がいなくて物寂しい。とても静かだ。

　世界に誤解など無い。

　しかし曲解はあるだろう。真実を捻じ曲げて側面に上塗りで新たな絵を描きあまつさえ己のサインを刻むような不届き千万な真似だけは、断固として否定せねばならぬ。しかし世界にはそういう曲解が、残念なことに目白押しなのである。そのような負け戦にはあまり気乗りはしないのが私であるが、自分自身の課題である以上、怒ってばかりもいられない。

映画館にはホールは二つしかないらしかった。右のホールと左のホール。そして上映しているフィルムはその一本だけである。ならばどちらのホールに入ったところで同じだが、どちらかにしか熊の少女、即ち私の二十四番目の妹が居ないということであれば、ここには躊躇するだけの余地がある。判断材料がないのは、ここでもいつもお馴染みのことであるが。境界線など、引けば引くほどあやふやになるのが左右の景色だ。

ところで、ホールといえば、外来語で穴を意味する。今日はとことん、私は穴蔵を求める流水の中にいるらしい。

私の右眼窩の中には未だ、黒鍵が差さったままだった。義眼も其処に押し込んでいるので、右脳が圧迫されている。後頭部に砂利でも押し込まれているかのようだった。

私は左のホールを選んだ。この日の私の、或いは人生最後の、選択であった。巨大なスクリーン。幕は既に上がっている。階段状に並ぶ椅子。椅子は全て木製だった。およそ百二十を数えるその椅子が並ぶ中、座っているのはたった一人だけであった。言うまでもなく熊の少女である。

住処《すみか》の山を焼け出された熊の少女は、ここで私をずっと待っていてくれたのだ。熊の少女自身だって焼けただろうのに、そんなことは無かったとばかりに、道理を否定して。それを考えただけでも心中に熱く込み上げてくるモノを堰《せ》き止《と》めることが、私には出来そうもない。

熊の少女は私を見ていた。スクリーンではなく、私を見ていた。

私は両手を口のそばに当て、ホール中に響くような大声で、熊の少女に呼びかけた。強固な繋がりを求めるように、熊の少女に向けて、言った。

君は私の妹なんだね。

それは言葉にすればとても簡単なことだった。それゆえに大切なことなのだと、私はここでようやく、そう思った。思うことができた。

しかし。

熊の少女は、いいえ、と言った。

否定した。

何だって、と私は、反射的に訊き返した。熊の少女が、一体、私に何と言ったのか、訊き返した。

いいえ。

熊の少女は同じ台詞を言った。

そして続けた。

わたしは貴方の、お姉ちゃん。

End mark.

〈初出一覧〉

ニンギョウのタマシイ……………小説現代臨時増刊号『メフィスト』2004年9月号
タマシイの住むコドモ……………小説現代臨時増刊号『メフィスト』2005年1月号
コドモは悪くないククロサ…………小説現代臨時増刊号『メフィスト』2005年5月号
ククロサに足りないニンギョウ……書き下ろし

後書き

小説というのは基本的には一人で書くものなので、パソコンに向かって打鍵していると、ふと我に返っちゃうことがあったりするので、それについては並々ならぬ用心が必要とされるように思えます。我に返るというのがどういう状況かと言うと、つまり、一体自分は何故どうして、何のためにどういう理由で、打鍵しているのかわからなくなってしまうということです。これは非常に浅いレベルの問題なので、迂闊《うかつ》に相談もできません。予定通りの文章を予定通りに打つにしたって指先に任せて思いのままに打つにしたって、この場合は同じことです。行き着いてしまえば自分が打鍵したことによってディスプレイに表示される文章が、本当に自分が打鍵した文章とイコールなのかどうかもわからなくなってしまいます。まあ創作活動めいたものには多少くらいの酩酊《めいてい》がなければやってられないという風に言うこともできますし、我に返るというのを集中力が切れると換言することもできるでしょう。夜中に書いた手紙だったり勢いに任せた十代だったり、そんな感じ。あれ、私はこうして自分では面白いと思っているらしい言葉をつらつらと連ねているけれど、これってどうなんだろう。ていうかその行為自体がどうなんだろう。ていうかこんなものを他人様に読んでもらうってどうなんだろう。じゃなくてそもそも他人様はこんなものを読んでくれるのだろうか。ていうか他人様って誰だ。読者のこととか。それとも編集部のことか。いやそうじゃなくってひょっとしたら自分はまだ作家になんてなってなくて、一人でそんな妄想にどっぷり嵌《はま》りこんでいるだけの自称冒険家で、愛読しているレーベルに手前勝手な紙束を送りつけて悦に入っているだけの奴で、本屋さんに並んでいるあの本達は違う人間が書いたものなんじゃないのか、じゃあ自分って何？　なんて思っちゃって、自分の存在意義を見失ったりします。一人でやる作業って、あんまり世界と繋がってないなあとか、そういう話です。

　ところがこの本書、『ニンギョウがニンギョウ』に収録されている四つの短編は、そういう嫌なコンディションとは全く無縁の人間状況で執筆することのできた、稀有《けう》な文章群です。『ニンギョウのタマシイ』から『タマシイの住むコドモ』へ、『タマシイの住むコドモ』から『コドモは悪くないククロサ』へ、『コドモは悪くないククロサ』から『ククロサに足りないニンギョウ』へ、打鍵のペースは終始一定でした。潜水で二十五メートル泳ぐのを、四回繰り返したって感じです。ゆえに、集中するっていうのは息を止めるのと似たようなものなんだろうなあと思ったり。息継ぎさえ上手にできれば溺《おぼ》れることはないって、それもまた真理。世界とリンクするっていうのは、別に理解されることとでも説明されることとでもないのだから、とか、まあ、そんな感じで、一つ、どうですか。

　小説は一人で書くものですけれど、一人で書くだけじゃ、どうにもなりません。本当に妄想です。本書に収録された四つの短編の内、書き下ろしのアンカー以外の三つは、小説現代増刊『メフィスト』に掲載されたものです。担当編集者である太田克史さまには恒例の如く勿論《もちろん》、それに、掲載時の『メフィスト』編集長、唐木厚さまに、深く感謝の意を示しながら、これからも打鍵に励もうと思います。

西尾維新

N.D.C.913　143p　18cm

ニンギョウがニンギョウ

二〇〇五年九月五日　第一刷発行　二〇〇六年三月二十日　第五刷発行

KODANSHA NOVELS

定価は箱に表示してあります

著者―西《にし》尾《お》維《い》新《しん》

発行者―野間佐和子

発行所―株式会社講談社

東京都文京区音羽二-一二-二一
郵便番号一一二-八〇〇一
編集部〇三-五三九五-三五〇六
販売部〇三-五三九五-五八一七
業務部〇三-五三九五-三六一五

本文データ制作―講談社文芸局ＤＴＰルーム

印刷所―凸版印刷株式会社　製本所―株式会社国宝社

ISBN4-06-182453-8